警犬汉克历险记49

装机关的汽车

作　者

[美] 约翰·R.埃里克森

插画家

[美] 杰拉尔德·L.福尔摩斯

译　者

陈夏倩　英尚

浙江工商大学出版社

ZHEJIANG GONGSHANG UNIVERSITY PRESS

图字：11-2011-207 号

图书在版编目（CIP）数据

装机关的汽车 /（美）埃里克森（Erickson, J. R.）著；
陈夏倩，英尚译.—杭州：浙江工商大学出版社，2015.3
（警犬汉克历险记；49）
书名原文：The Case of the Booby-Trapped Pickup
ISBN 978-7-5178-0147-4

I. ①装… II. ①埃… ②陈… ③英… III. ①儿童故
事—美国—现代 IV. ① I712.85

中国版本图书馆 CIP 数据核字（2013）第 292207 号

装机关的汽车

[美]约翰·R.埃里克森 著

陈夏倩 英尚 译

出版发行	浙江工商大学出版社
出 品 人	鲍观明
版权总监	王毅
组稿编辑	玲子
责任编辑	罗丁瑞　黄静芬
策划监制	英尚文化　enshine@sina.cn
营销宣传	北京大地书苑图书发行有限公司
设计排版	纸上魔方
印　　刷	北京市全海印刷厂
开　　本	710mm×1000mm　1/16
印　　张	8
字　　数	100 千字
版 印 次	2015 年 3 月第 1 版　2015 年 3 月第 1 次印刷
书　　号	ISBN 978-7-5178-0147-4
定　　价	19.80 元

版权所有 侵权必究 印装差错 负责调换
浙江工商大学出版社营销部邮购电话 0571-88804228
北京大地书苑图书发行有限公司团购电话 010-85988486

本书献给得克萨斯州米德兰市的
伯特·博斯蒂克和他那让人惊叹的
灵风合唱团。

牧场全景图

1. 盖岩高地
2. 通往特威切尔市的道路
3. 通往高速公路和83号
   酒吧的道路
4. 马场
5. 斯利姆的住所
6. 蛋糕房
7. 器械棚
8. 翡翠池
9. 鲁普尔一家住所
10. 比欧拉所在牧场
11. 邮筒
12. 油罐
13. 狼溪
14. 黑森林

出场人物秀

汉克

    牛仔犬，体型高大。自称牧场治安长官。忠诚又狡黠，聪明又愚蠢，勇敢又怯懦。昵称汉基。

卓沃尔

    汉克忠诚但胆小的助手。个子矮小，执行任务时，经常说腿疼，让人真假难辨。

鲁普尔

汉克所在牧场的主人，萨莉·梅的丈夫。

斯利姆

牧场的雇员，牛仔，独身，生活较邋遢。

郊狼小姐

郊狼村的公主，名叫"饮血女孩"，美丽善良，深深地爱上了汉克。

斯克兰仕

郊狼小姐的哥哥，汉克的劲敌，残忍、嗜血。

精彩抢先看

一条被溺爱的小狗

　　当我们坐在了新卡车的驾驶室里，斯利姆启动了发动机，听了一会儿。"这是一辆柴油车。你们觉得怎样？"

　　噢，噪音……有点儿大。真的很大。听起来就像一辆翻斗车。

　　"我喜欢柴油车的声音。看看这个。"他打开了收音机。"正常，还有雨刮器。"他打开雨刮器，咧着嘴笑得像个小孩子。"噢，看这个。"他按下了扶手上的一个按钮……真神奇，副驾驶一边的窗子升了起来，他冲我们眨了眨眼睛。"嘿。电动窗，甚至还有电动门锁。"他按下扶手上的另一个按钮，门锁上的小装置上下移动着。"你们觉得这个怎么样？"

　　简直令人难以置信。我和卓沃尔吃惊得说不出话来。我们从来就不知道还有如此奢侈的东西，甚至连想都没有想过。

　　"这辆卡车对我来说，有点儿太奢侈了，但是我并不在意享受几天。哎呀，在开了几年鲁普尔的那堆垃圾之后，我应该享受它。你们狗同意吗？"

　　噢，是的，我们对此毫无异议。他应该享受一下……噢，我们也应该享受一下。

目录

第一章

一个长毛的女
巫侵入了牧场

又是我，警犬汉克。一只郊狼来到了喂牛的地方和牛一起吃饲料？太荒谬了，绝对不可能。对于斯利姆的故事，我一点儿也不相信，直到……噢，直到我亲眼看到了那只郊狼，原来是美丽的郊狼公主，她疯狂地爱着我。

但是这些情节要在故事的后面才会发生，先忘了我刚才说的吧。

我们说到哪儿了？噢，对了，故事发生在冬季，根据我的回忆，是在进入冬季的第一个月，也许是在十二月底，因为我刚刚把牧场的日常作息切换到了冬令时作息。

我们讨论过冬令时作息吗？也许还没有。冬令时作息就是我们在冬天里的作息时间，这就是为什么我们将其称为……也许这是显而易见的，但是我们到底在冬季里干些什么，还不是很清楚。你准备好听了吗？请注意。

第一件事情，我们把夏天的鸟全部打发走了，包括麻雀、云雀、红衣主教、知更鸟和一些其他的鸟。在九月或者十月的某段时间，我们就命令他们离开，飞往南方。为什么呢？因为在容忍了他们整整一个夏天之后，我准备打扫一下门户，把他们赶出牧场。

我的意思是，我们说的是噪音！夏天的时候，在这附近，这些鸟一直在制造噪音，狗几乎没法睡觉。他们从日出一直到日落叽叽喳喳、嘀嘀咕咕，没完没了。有时候他们甚至嘀嘀咕咕到半夜。讨厌吗？的确讨厌。

　　另一件让我讨厌的事情是，他们未经允许就在牧场的树上做窝。如果他们表现出应有的尊重，问一下我，我也许会同意的。我的意思是，反正鸟儿总得做点儿什么。他们又没有一份正经的工作，所以他们需要一个地方消磨时间，做点儿毫无意义的事情。但是他们没有征求过我的同意。他们就这样搬了进来，他们占领了牧场的树，就开始制造噪音。这真让我生气。

　　在平常的夏日里，我不得不用一个小时十五分钟对着这些小笨蛋们狂吠，试图重新建立法律和秩序。其实牧场治安长官不应该做这些无聊的小事，但是我不去做，还能指望谁呢？对着小鸟狂吠，对卓沃尔来说也许是夏季里一项不错的小工作，但是我信不过他。你是知道的，他的大脑总是迷迷糊糊的。

　　但问题是在九月的中旬，我就开始讨厌小鸟了，我命令他们离开。你知道吗？我的命令每次都很有效。那些鸟收拾起他们的羽毛，赶紧向南飞去。直到下一个春天，我们才会再次见到他们。非常了不起，是吧？的确是这样。那些小鸟可不想跟牧场治安长官过不去。

　　其次，另一项冬季的工作开始时，我对牧场的员工发布了一项指令："请注意！治安部监测到我们的牛需要营养，昨天下午我们草场的蛋白质水平已经跌到了牛所需求的最小营养值以下。因此，明天上午所有的牛仔将开始冬季喂牛工作，此工作将会持续到来年春天，直到我发布下一个指令为止。任何不理解或者是不同意这项指令的员工请务必照此执行，并把嘴闭上。"

　　一条狗如此深入地参与到牧场冬季的喂牛工作中，令你感到吃惊了吧？大多数的牧场杂种狗是不会这样的，但是我……噢，就像我经常说的那样，没有小任务，只有小人物。

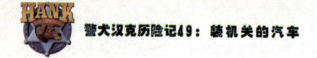
没有小任务，只有大人物。

没有大任务，只有小人物。

没有……有一句很睿智的谚语能说明我想表达的意思，但是目前我……还是跳过这一段吧。

我们说到哪儿了？噢，对了，牧场进入了冬季，我已经让我们的牧场开始实施冬季工作计划，这就意味着我们……噢，已经准备过冬了。我们又赶走了一群叽叽喳喳的小鸟，我命令所有的牛仔们回来工作，每天喂牛。我知道他们不愿意这样做，我的意思是，他们花费了夏季的大部分时间去修理围栏，在苜蓿地里损坏设备，游手好闲，跟我们狗开一些所谓有意思的玩笑，但是现在他们每天早晨不得不去装喂牛的干草，在牧场做点儿实际工作。

我听见过他们的牢骚和抱怨，但是我丝毫没有心软。总之，我发布了命令，这就是最后的结果。

好吧，几乎是这样。十一月二十八日的早晨是冬季喂牛的第一天，就发生了问题，问题的严重程度连我都没有预料到。在那天早晨的八点零七分……也许是在……九点零七分，斯利姆的旧皮卡停止了工作。它正好在器械棚的前面熄火了，一点也启动不了。

幸运的是我正在值班，我已经准备采取行动。这时斯利姆掀起了车盖，开始了他的日常检查程序（挠着头，皱着眉头瞪着发动机，摆弄着两条线路，然后称皮卡为一堆垃圾）。我打开我大脑里的麦克风，开始呼叫治安部的精锐部队。

"汉克呼叫卓沃尔，完毕。立即到器械棚前来报到。我们这儿出现了机械故障，斯利姆的头已经大了，完毕。你收到了吗？"

我等待着，听着。除了无线电的静电声，没有别的声音。他在哪儿呢？

每当我真正需要这个小笨蛋的时候，他就……但是然后我还是听到了他在石子路上慢腾腾的脚步声，他出现在器械棚的东北角。他是在跑着，或者表现出了任何紧急情况的迹象？没有。他正在享受他的甜蜜时光，脸上带着傻笑，不停地环视着周围的风景。

他走进了我冰冷愤怒的眼神中，停了下来。"噢，嗨。你是在对我狂吠吗？"

"是的，我是在叫你。你也许认为我只不过是在狂吠，但这其实是从一颗治安部的通讯卫星上下载的微波信号。"

"我真该死。但它对我来说听着确实像狂吠。"

"它不仅仅是狂吠这么简单，但是不说这个了。你收到我的紧急信息了吗？"

"噢，让我想想。"他转动着眼珠儿，"我认为你说的是斯利姆……正在用头倒立？"

我叹了口气。"信息不是这样的。我说的是斯利姆的头大了。他的皮卡开不动了，他现在需要帮助。"

"他的皮卡能后退吗？"

"不能。它既不能后退，也不能前进，坏掉了，所以他需要我们的帮助。"

"你的意思是……我们不得不推它？"

我用鼻子戳着他的脸。"卓沃尔，听着。皮卡发动不着了，斯利姆又是个很糟糕的机械师。他需要我们的帮助。你明白了吗？"

"噢……我不敢肯定。他为什么要用头倒立呢？"

"他没有用头倒立！你看，他用头倒立了吗？"

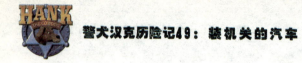

　　你简直无法相信，就在卓沃尔把目光转过去的时候，斯利姆正弯着腰看皮卡的下面，所以他的头几乎接触到了地面。卓沃尔露出了一丝笑容。"噢，我现在看见了。他正在头朝下，查看皮卡为什么不能后退，只不过他并没有真的用头倒立。我说得对吗？"

　　你还能说什么呢？"是的，没错，非常好。现在我们过去，看看是否能搭把手。"

　　"如果我们没有手该怎么办？"

　　我愣住了。"什么？"

　　"如果我们只有爪子，我们怎么用手帮他？"

　　"卓沃尔，你是在开玩笑吗？"

　　"我没有啊。我只有四只爪子，是真的，你看？"他伸出他的爪子让我看。

　　"那就不用手帮，用爪子帮。走，我们正在这儿浪费宝贵的时间。"我推开他，向斯利姆走去。

　　"用哪只爪子？"

　　我不得不又一次停下来。"你说什么？"

　　"什么时候？"

　　"刚才。"

　　他转动着眼珠儿。"噢，让我想想。我说斯利姆正在倒立。"

　　"不对，在这之后。"

　　"噢，我说……我已经忘了。"

　　我觉得自己心里的火烧了起来。"你说……你说了有关女巫的事。"

　　"我说过吗？"

"是的，你肯定说过，你现在别想否认。你为什么要打听女巫呢？"

他的眼睛里一片茫然。"我也不知道，但是万圣节已经过去了。"

"没错。你是说还有一个万圣节的女巫在牧场附近吗？"

"噢……"

"因为，如果你是这样说的，"我开始在他的面前踱步，"这就给我们的调查带来了一个全新的方向。"

"是的，但是……"

"你是在哪儿看见这个女巫的？牧场总部附近吗？"

"不是的，我说的是哪只爪子？"

我愣在了踱步的途中。"女巫的爪子？她有爪子吗？天哪，卓沃尔，你为什么不早点儿汇报呢？"

"不，我说的是……"

"一个长爪子的女巫！这太有意思了。"我重新开始了踱步，"好吧，就让我们沿着这个线索查下去。你描述一下爪子。"

他举起一只脚，斜着眼看着。"噢，让我想想。四个脚趾头，指甲很脏，趾头的中间长着毛。"

"啊！现在我们终于了解到一些情况了。这是一个长毛的女巫，最危险的那一种。她是不是骑着一把扫帚？拿着一个南瓜？还带着一只黑猫？"我注意到这个小矮子瘫倒在地上，用爪子捂住了耳朵。我走到他的面前。"现在又怎么了？我想调查这个案子，卓沃尔，但是我必须得到你的配合。她是不是骑着一把扫帚？"

"谁？"

"当然是那个女巫了。"

他发出了一声呻吟。"我没有看见什么女巫！我也不知道你在说些什么！"

"你……你没有看见过一个长爪子带毛的女巫吗？"

"没有！"

接着是很长一段时间的沉默。"卓沃尔，如果你没有看见女巫，那我们的谈话还有什么意义呢？"

"我也不知道。我的脑子已经乱了，我想回到床上去。"

"我明白了。"我慢慢地吸了一口气，"如果是这样……卓沃尔，在你把我们拖进有关女巫的荒谬谈话之前，我们在干什么？"

"我不记得了。"

"嗯。我也不记得了。"我坐下来，开始挠我右边的耳朵。过了一会儿，我听见斯利姆的尖叫声："一堆垃圾！"现在全想起来了。我跳了起来，叫卓沃尔开始行动。在斯利姆最需要的时候，我们冲上去帮他。

第二章

可怕的爆
炸声

你了解有关女巫的故事吗？我从来没有弄明白过，但是当你跟卓沃尔在一起工作的时候，你必须准备着听一些混乱而荒谬的故事。但重要的是，我们能出动两条忠诚的狗赶到斯利姆发生危机的现场。

我们到得正是时候。斯利姆的脸已经变红了，他的眼睛里在冒着火，他的嘴唇由于愤怒而纠结在一起。他的右手里拿着一把圆头锤子。噢，我有一种想法，他准备把锤子从挡风玻璃扔进去。

"好吧，卓沃尔，咱们站好队。很显然斯利姆需要咱们的帮助。"

"糟糕，我们该怎么办？"

"你怎么看？我们当然要狂吠，但不是普通的狂吠。在这种情况下，我们最好狂吠得让发动机转起来。准备好了吗？开始！"

老兄，你真应该在场。你确实应该好好看看，听听——两条勇敢的狗全心全意地投入到了狂吠的大合唱中，用狂吠对抗着生锈、腐蚀、油污和其他的引起发动机停止运转的邪恶因素。我不知道我们是否还有过比这次更出色的让发动机转起来的狂吠节目，我认为我们的狂吠应该有效，除非……

我想斯利姆不理解我们所做的一切。（这样的事情发生过多少次了？有几千次。）也许他认为我们只不过是在狂吠，只不过是一对笨狗在无缘无故地汪汪乱叫。换句话说，他完全误解了让发动机转起来的狂吠的意义。就在

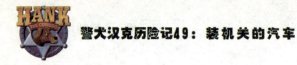

我们刚刚找到了节奏，发出一些动人的狂吠时，他转过身来，大声尖叫着："闭上你们该死的嘴，行吗？"

啊？闭上……

好吧，行，没问题。如果他真的这样认为，我们可以像木头疙瘩一样坐在那儿，让他该死的破皮卡烂在地上。我的意思是，我还有很多的事情要做，没有必要受他的侮辱。如果他认为没有我们狗的帮助，他能修理好一堆垃圾一样的破烂皮卡，那好吧，我没有意见。

我对我的助手说："好了，卓沃尔，咱们别叫了。这儿不需要我们的帮助。"

"噢，该死。我才刚刚进入状态。"

"我知道，但是如果他不想让人帮他，我们也没法帮他。我们必须让他受点儿教训。记住我的话，伙计，他们不得不把皮卡一路拖到城里去，找机械师来修理。"

"噢，那可太糟糕了。你认为我们能修好吗？"

"噢，当然了，没有任何问题。再叫上两分钟准管用。但是别泄气，我们已经做了两条狗应该做的。现在咱们离开这儿。"

我用受伤的眼神瞥了斯利姆最后一眼，准备离开了，但是这时鲁普尔从房子向这边走来。我琢磨着我们可以继续坐在这儿见证悲剧的下一幕。

鲁普尔走到皮卡的跟前，看着发动机。"有问题吗？"

斯利姆点了点头，挥舞着手里的锤子。"是的，但是如果你能离开五分钟，捂上你的耳朵，我认为我能修好它。"

"是什么问题？"

"不能启动了。"

"可能是被淹了。我闻到了汽油味。"

"这就是一堆垃圾。"

鲁普尔摇了摇头。"斯利姆，我们有些人有修理机械的才能，有些人则没有。如果是拉线断了，你不能去修理气门。"

"是吗？那么你自己来发动一下。"

"我会的。这里面的诀窍是，不能拼命地踩油门。"

"我没有。"

"那样会把发动机淹掉的。"鲁普尔打开门，坐在了方向盘的后面。"看好了，学着点儿，斯利姆。"鲁普尔转动点火钥匙，启动发动机。他启动了两分钟，还是没有效果。

斯利姆的嘴咧得歪到了一边傻笑着。"别放弃。电瓶里还有些电可用。"

鲁普尔向他挥了一下手掌。"别着急，这才是第一步。你打开过化油器了吗？"

斯利姆提了一下牛仔裤。"没有，你知道是为什么吗？"

"因为你太懒。"

"不是的，先生。因为上次我和你一起打开的时候，发生了小型爆炸。"

鲁普尔耸了耸肩。"真是怪事，我来看看。"

"好吧，伙计，反正在这个牧场由你付账。"

鲁普尔卸掉了空气滤清器，查看着化油器。"发动一下。"斯利姆坐在方向盘的后面，转动点火开关，发动机转动了几下，但是没有启动。鲁普尔举起手。"停一下。我知道问题在哪儿了，油门加得太大了。"

斯利姆叹了口气，抬头望着天空。"鲁普尔，这辆皮卡已经有二十年了，你应该换辆新的。你不能用一堆垃圾设备来经营牧场。"

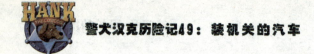

"当然能。这就是牲畜市场如此低迷，你却还能留在这个行业里的原因。"鲁普尔走进器械棚，回来时手里拿满了扳手。他咧着嘴笑了一下。"我五分钟之内让它转起来。"

斯利姆摇了摇头。"五分钟之内，你会把拆下来的零件摆上三英亩，它还是不会启动的。"

鲁普尔把一根手指放到嘴边。"嘘。如果你总是光动嘴，你永远也学不到东西。"

鲁普尔俯身在挡泥板上，开始在……什么东西上忙活。斯利姆低头看着我们狗，咧嘴笑着。"你们看着。他不记得上次我们这样做的时候，发生了什么，但是我记得。"

当鲁普尔在发动机盖底下叮铃咣当忙活的时候，斯利姆用手指悠闲地敲打着方向盘。大约五分钟过后，鲁普尔大声喊道："好了，发动一下。"

斯利姆把头伸出窗外。"想好了，你是不是往后退几步？"

鲁普尔摇了摇头，转动着眼珠儿。"斯利姆，我们在浪费时间。"

"肯定会有爆炸声的。"

"启动发动机！"

"好吧，伙计，这可是你自找的。"

斯利姆扭动了点火开关……

砰！

鲁普尔的上半身淹没在蓝色的烟雾里，他的帽子和空气滤清器零件散落在地上。烟雾开始散去，我看见鲁普尔站在那儿，脸上带着木然的表情。他人还是完整的，但是头发好像被烧焦了，胡子也损失了百分之三十。

斯利姆哈哈大笑地走出驾驶室。"你受伤了吗？"

"如果我受伤了，我也不会告诉你。"鲁普尔从地上捡起帽子，拍了拍上面的土，又戴在了头上。"去找一根尼龙拖绳，咱们把这辆破车拖到城里去。"

"你终于想把它卖了？"

"不，我准备修好它。这是一辆好皮卡。"

"噢，没错，在它不熄火、不爆炸的时候。鲁普尔，这辆车已经行驶了二十万英里了。"

"没错，我们还得让它再跑上二十万英里。咱们现在进城。"

"鲁普尔？"斯利姆走过去，把一只手放在鲁普尔的肩膀上。"作为你世界上仅有的朋友之一，我需要告诉你。"鲁普尔用怀疑的目光瞪着他。斯利姆凑近些，小声说："你的一半胡子被炸飞了。在我们进城之前，你需要把你的另一边胡子修剪一下，否则你看上去就像一个疯子。"

鲁普尔用手在上嘴唇摸了一圈儿。他看起来很吃惊，斯利姆说得对。"去找拖绳，"他吼叫了一声，然后回房子里去修剪他的胡子了。

噢，随着一声巨响，新的早晨开始了。（这里面有个小小的幽默。你明白吗？随着一声巨响，新的早晨开始了。哈哈。）但是在牛仔们离开了爆炸现场之后，我向周围瞥了一眼，发现……卓沃尔不见了！我害怕最坏的情况会发生，我立即在皮卡的附近寻找，没有找到小笨蛋的踪影，但是我发现了……

我不敢肯定我是否会在下一章里告诉你们。我的意思是，我在治安工作中所受的全部训练都是为生活中悲剧场面作准备的，但是我想到了孩子们。你知道我对孩子们的态度：我不愿意吓着他们，或者把他们吓得太厉害，或者给他们讲一些能把他们吓哭的故事。当我看见地上一些白色的绒毛……

糟了。不用我说事实已经很明显了，现在已经真相大白了。好吧，我们需要立刻采取行动。

小卓沃尔在爆炸中失踪了，在全方位搜救的过程中，我又在地上发现了几撮白色的绒毛。他们看上去就像……

我不敢说，太悲痛，太伤心了。我的意思是，虽然卓沃尔是我所见过的最不可思议的小笨蛋，但是我们毕竟在一起工作了几年，你是知道的，在一起工作的过程中我们建立了同志般的友谊。在像治安部门这样危险的工作中，我们清楚地知道，我们当中的某一个在执行冒险的任务时，可能会再也回不来。

应该是历险的任务。

或者是危险的任务。

或者是探险的任务。

我不知道该怎样准确地表达这个意思，所以还是把这一段跳过去吧。

我不记得我刚才在说什么了。这真的让我很上火，因为我知道我刚才说的事情很重要。我说的是天气吗？也许就是天气吧。那天早晨的天气很好，只不过就是有点儿冷……

我们说的不是天气。是骨头？也许就是骨头。我喜欢骨头，所有的骨头，但是我觉得我最喜欢的还是牛排骨。火腿骨头非常好吃，特别是跟一大锅斑豆炖在一起的火腿骨头，那味道简直无与伦比……

等等。卓沃尔失踪了，你还记得吗？我们刚刚发现了一些……他被炸碎了的尸体的可怜碎片。我不愿意这样说（孩子们在场），但是有些时候，无论我们怎样做，都无法回避生活中的可怕悲剧。

我听到一个声音在我身边说："天哪，空气滤清器肯定是被炸碎了。"

"那不是空气滤清器，伙计。你看到的是我朋友的残骸。"

"糟糕，太悲惨了。他叫什么名字？"

"他叫……"我转过身，看着这个神秘的陌生人……

啊？

别在意。咱们还是跳过这一段吧。不好意思，跟你说了那么多的废话。

第三章

卓沃尔没
有被炸飞

还记得在爆炸事件中卓沃尔死亡的惨剧吗？哈哈。那只不过是个小误会，没什么了不起的，一个小小的机械故障而已。你看，我被大家误解了。我是说我发现了一些白色的绒毛，但是随着故事的进展，一切很快都真相大白了。

好吧，事情是这样的。你会为此感到吃惊和震撼的，所以你最好抓紧点儿什么东西，坐稳了。卓沃尔并没有被炸飞，被炸死，被炸没，或是被炸做狗肉汉堡的肉酱。你知道是为什么吗？因为当发现有危险的时候，他就溜走了，藏在了器械棚里。

我早就该知道，他每次都会这样做。他就是这样一个令人难以信任的胆小鬼。我不知道我为什么还会浪费时间来为他操心。爆炸永远也不会炸到卓沃尔。

所以现在你也许已经知道了，所谓的神秘的陌生人原来就是逃跑先生。你认为我会有什么样的感觉吗？我觉得自己就像一个白痴，站在他被炸飞的残骸旁，为他的死感到非常悲伤……

不过没关系，我们最好的行为准则就是忘了所有不愉快的事情，假装它从来没有发生过。事实上，它也确实没有发生过。说实话，这不过是我们自己的想象。

我们让这件事就这样过去了。

我们说到哪儿了？噢，对了，皮卡。斯利姆在器械棚里叮铃咣当地翻着，最后他找到了一根够粗的尼龙拖绳。他把绳子拖出来，把一头绑在那辆坏了的皮卡的保险杠上。他捡起空气滤清器的残骸，放在了发动机的上面，砰的一声放下了发动机盖。这时，鲁普尔从房子里回来了，我立刻就注意到他已经修剪过了胡子。

斯利姆也注意到了。当他看着鲁普尔走上山坡时，他的嘴角边闪过一丝笑容。"失去了左边的重量，我觉得你现在走路比过去身板直多了。"鲁普尔没有笑，"我想警告你。"

"如果我们这样做过一千次，这样的事情就永远不会发生了。"

"鲁普尔，如果我们做过一千次，你除了骨头和几块肉之外，就什么也剩不下了。你犟得像头驴，从来不肯承认事实。"

鲁普尔走到他的跟前，盯着他的眼睛。"难道我要不停地听你这些废话吗？"

"噢，我知道城里所有的机械师都会喜欢听你用牛仔的方式发动皮卡的。"斯利姆哈哈大笑着。

"斯利姆，你愿意在冬天的大雪里挖下水道吗？"

接着是很长的一阵沉默。斯利姆的笑容枯萎了。"我刚才说过了，我的嘴被封上了。"

鲁普尔把他的皮卡开到了器械棚前，他们用拖绳把两辆皮卡连接在了一起。鲁普尔爬进了领头的皮卡，斯利姆向坏了的皮卡走去。当他的手刚刚触到门把手的时候，卓沃尔和我也到了那里，理所当然地准备跃进驾驶室里。

你看，我们已经举行过了一个小型会议，决定我们也许应该进一趟城，

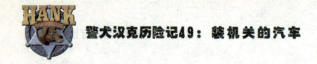

因为我们已经有很长时间没有进过城了。或者从另一个角度来考虑，我们知道斯利姆想让我们一起去。我的意思是，在漫长而又孤独的旅途中，谁会不愿意有两条善解人意的牛仔犬为伴呢？

他注意到我们站在那儿，踌躇着，由于激动而浑身颤抖。任何正常的、健康的美国狗都会为有望去趟大城市而激动。

斯利姆对我们做了个苦脸。"怎么回事？你们认为你们也配进城吗？"

噢……是的，当然了。肯定配。我的意思是，我们跟他一起经历了皮卡危机的磨难，对吧？

"好吧，我可以让你们去，但是你们最好规矩点儿。"

噢，当然了。没问题，我们会表现得像完美的狗一样，是真的。

当他打开车门，我使尽全力向上跃去……砰……用你们的话，就是撞到了方向盘上，被反弹到了地上。但是我爬起来又跃了上去，这次在座位上实现了软着陆。你可以注意到我比卓沃尔早上去几分钟。哈哈。这就保证了我能得到我最喜欢的位置——乘客这一边靠窗的副驾驶座。

当我们都在皮卡里安顿好后，斯利姆关上了车门，转过身来看着我。"你刚才撞到了方向盘？"

噢，我……是的，也许是我撞到了方向盘，但是有什么问题吗？我的意思是，任何一条狗都有可能……

"哈。你应该看着点儿方向盘，小狗。它们会突然出现在你的面前。"

非常好笑。

鲁普尔的皮卡慢慢地拉直了拖绳，我们开始缓慢地向城里驶去。在离开了牧场一个小时之后，我们驶进了得克萨斯州特威切尔市的主干道。耶，这个地方太令人激动了！这里什么都有，有车，有人，还有商店。我们经过了

83号酒吧、迪克西狗用品商店、畜牧者西部风格服装店、两个加油站、电影院和一个杂货店。

我们在红绿灯前向左拐，停在了赫伯特·福特的门前。鲁普尔和斯利姆下了各自的皮卡走进去和经理谈话。在斯利姆离开之前，他把身子探进窗子说："你们待在这儿，要乖。我们很快就会回来。"

是，长官！要乖，没有任何问题。我们为来到特威切尔这样的大城市而激动得浑身发抖，尽管我们不得不待在皮卡里。一对从乡下来的狗还能指望些什么呢？

就在这时，一辆红色的小皮卡停在了旁边的停车场里。一个男人下了车，走到皮卡的后厢，从里面拿出了一个纸盒子，盒子的一边写着"特乔的快乐油炸圈饼"。他关上车门，转身拿着盒子进了店里。

一开始我什么也没有想，但是过了几分钟，我的嗅觉器官开始捕捉到一些信号……嗯……好闻，很香。我在空气中仔细地搜索着，天哪，我越闻越想弄清楚这些气味到底是从哪里来的。

我向我的助手看去，他正在盯着天空。"卓沃尔，我能打断你一下吗？"他没有反应。"卓沃尔？喂？你的魂丢了？"

他终于转过目光，给了我一个傻笑。"噢，嗨。你已经回来了？"

"我哪儿也没去。"

"你看见什么令人激动的事了吗？"

"我哪儿也没去。我一直坐在你的旁边。"

"我真该死。我还以为有人下去了，去了什么地方。"

"那是斯利姆。"

"噢，是的，我现在想起来了。有时候我感到无聊，我的脑子就会走神。"

"是真的吗？卓沃尔，我需要问你一个问题。你闻见什么不同寻常的东西了吗？"

他在空中嗅了嗅。"好吧，让我闻闻看。臭袜子？"

"不对。那只不过是斯利姆皮卡的一贯气味。再闻闻看。"

他在空气中嗅着。"噢，是的，我现在闻出来了。两条狗，也许就是我们俩。"

我忍住没有发火。"卓沃尔，请你严肃点儿。好好闻一闻，分析一下空气中的不同气味。"

他深深地吸了口气，他的眼睛瞪大了。"噢，我的天哪，闻到了！"他冲向窗子，把鼻子伸到了外面，又闻了闻。"味道好极了，我认为是从红色皮卡里传出来的。"

"完全正确。我们两个都闻出来那里面有很香的东西。现在的问题是：那到底是什么呢？"

"是呀。我也在好奇那到底是什么呢。"

"那是我刚才说的。到目前为止，我们没有任何可靠的数据。"

他斜着眼看了一下红色皮卡门上的字。"特乔的——快乐——油炸——圈——饼。天哪，这是什么意思？"

我也来到窗子前。"一个人拿进去的盒子上写着同样的字。嗯，非常奇怪。"

卓沃尔往前探着身子，瞪大了眼睛。"是的，你知道吗？在皮卡的后厢里都是那样的盒子。"

我仔细地看了看。"你说得对，卓沃尔，干得不错。"

"谢谢。"

"我们好像无意中发现了一盒又一盒的油炸圈饼。我们现在面临的问题是……什么是油炸圈饼？"

就在这时，我注意到一条灰色的小狮子狗正坐在皮卡的座位上，他的眼睛盯着车门，他的主人就是从那里离开的。卓沃尔也看见了他。"噢，快看，那儿有一条狗。也许他能告诉我们油炸圈饼是什么。"

我们什么也不知道，甚至也没有怀疑……噢，你将来会知道的。

第四章

我们遇见了一条爱说大话的小狗

我们讨论过狮子狗吗？也许还没有。我对他们从来就没有耐心，他们属于只会汪汪叫的一族。你知道吗？只会汪汪叫什么用处都没有。

你看，狮子狗大多数都被惯坏了，他们饮食奢侈，爱说大话，眼前的这个小东西显然遵循了狮子狗的全部特点。他全身长着灰色的卷发，他的毛是用洗发香波洗了并且修剪过的。他的脖子上戴着一个镶着水晶的项圈，脑门上系着一个红色的蝴蝶结，尾巴尖上绑着一个不可思议的小绒球。

平常我甚至不愿意跟狮子狗打声招呼，更不要说跟他们交谈了，但是卓沃尔提出了一个很好的理由。我们发现引起我们兴趣的气味来自皮卡，有证据表明这个气味跟油炸圈饼有关。

由于小东西就坐在显然是运送油炸圈饼的皮卡上，所以我们有理由相信他能给我们提供一些重要的信息。

你可不要误解了我的意思。我们的动机纯粹是为了科学求证，是真的。我们是一对思维活跃的狗，也可以说是，对生命和宇宙的知识充满了渴望……对自然充满了……闻，闻……好奇。

就像天文学家夜复一夜地望着天空，我们被难以抑制的期望驱使着去揭示宇宙的秘密，去扩展……闻，闻……知识的海洋。

你看，多少年来，全世界的狗都生活在无知的地牢里，用痛苦的声音哭喊着："油炸圈饼是什么，噢，到底是什么东西？"现在我们已经站在了揭开这个秘密的边缘。

我们对即将到来的发现……闻，闻……充满了激动。噢，是的！我们的眼睛里闪烁着纯洁的求知的光芒。我们的内心在唱着圣歌，我们的嘴里流着口水……

别管我们的嘴在干什么。你应该知道，我们的动机纯洁得就像白色的雪，我们对食物或吃的这样的低级人生追求没有兴趣，几乎没有任何兴趣。

说实话，是真的。你相信这一点很重要，因为……你会看到的。

总之，我们要做的事情很清楚。就像在战场上追求胜利的士兵，我们在追求知识，追求发现，无论有多么危险，无论付出什么样的代价，如果这意味着我们必须要跟一条狮子狗讲话，那么好吧，我们就跟他讲话好了。

我给了卓沃尔一个信号，这次行动由我来指挥，我开始用非常和蔼的口气跟小东西打招呼。"喂，你好吗？在红色皮卡里的，喂。"他来到了车窗前，看着我们。我继续说："嗨，我们是从乡下来的，噢，想结识一些新的朋友。我的名字叫警犬汉克，这是卓沃尔，我的助手。"

卓沃尔咧嘴笑着，并摇摆着他的秃尾巴。"噢，嗨。我们只是好奇这些……"

我及时地打断了他。"嘘。难道你想让他起疑心吗？让我来说。"我向小笨蛋……应该是向小狮子狗露出了迷人的微笑。"你叫什么名字？"

他用尖尖的声音说："熊。"

"熊！"我忍不住笑了起来。

"这个名字很好笑吗？"

"你叫跳蚤更接近事实。我的意思是，你就是一条狮子狗，对吗？"

"你为什么会这样认为呢？"

"噢，你看，你长着卷毛，戴着水晶项圈，头上系着蝴蝶结。你就是个小家伙。"

"你对小家伙有成见吗？"

"没有特别的成见。我只是想说，你是个矮小的家伙。"

他向我噘起嘴唇。"看清楚了，傻大个。我不是狮子狗。"

卓沃尔和我交换了一下眼神，然后卓沃尔说："那你是什么？"

这个小东西把前爪搭在车窗的沿上。"我是一条罗特韦尔犬。"

经过了一段震惊后的沉默，我试着说："是真的吗？你是一条罗特韦尔犬，哈？"

"没错，你知道这意味着什么吗？"

"啊……不知道。意味着什么？"

"意味着，"他向我们探过身来，"你们这些家伙最好离我的油炸圈饼远点儿。我看见你们一直在盯着它们。"

"事实上，伙计，我们甚至不知道油炸圈饼是什么。也许你能告诉我们。"

"是一种甜点，很棒的。狗都喜欢，但是你们吃不到。哈哈哈！"

"噢，是吗？是什么使你这么肯定？"

他拍了拍自己的胸脯。"我是特乔的快乐油炸圈饼的保安。"

我不由地哈哈大笑。"真的吗！你是在看守这些甜点？"

"是的。一共有十五打。很好笑吗？"

我忍不住又笑了出来。"不好意思，伙计，不过是的，从你说你是罗特韦尔犬之后，这是我听到的最好笑的事情。"

他的脑袋摆出一个傲慢的姿势。"噢，是吗？好吧，你听着，乡巴佬。两个月以前，我把两条牛仔犬和一条牧羊犬送进了医院。上个星期，我用空手道把一条拳师犬劈成了两半。昨天早晨，我痛扁了一对斑点狗，我说的可是打残了。他们想打汤姆·特乔的油炸圈饼的主意。当救护车把他们拉走的时候，没人能笑得出来。"

"噢，是吗？好吧，你听着：哈，哈，哈，哈！你觉得怎样，啊？"

这个小笨蛋耸了耸肩。"我认为你像其他的狗一样傻。傻狗总是喜欢笑。然后他们就笑不出来了。"

我冲卓沃尔眨了眨眼睛，咂了咂嘴。"嗨，越来越有意思了。你知道，对这些小虾米，你就得说些废话。"

"是的，但是我会用行动证明的，伙计。你不相信我吗？跳到窗子外面来。我挑战你。"

啊？我仔细地看着他。"也许我没听清你的话。你是想激我跳到窗子的外面吗？"

"是的。"

"就是这个窗子吗？"

"是的。"

"你是说只是跳到外面的地上吗？"

"是的，让我们来个一对一的单挑。"

在我的身后，我听见卓沃尔说："揍他，汉克，揍他！"

我的天哪，看来形势逼迫我们不得不放手一搏了。我伸展了一下我结实的肩膀，给了小东西一个具有杀伤力的眼神。"好吧，伙计，这可是你说的。你永远都不应该挑战一条牧场狗，除非你已经准备好了面对严重的后果。卓沃尔，跳下去，让我们先把他打发了。"

卓沃尔喘着气往后退缩着。"我！你疯了吗？"

我们离开了窗子，这样我们可以单独处理内部事务。"怎么了？他是在吹牛。他只不过是个就会说大话的小虾米。"

"如果他只不过是个小虾米，他怎么能保卫一万五千个油炸圈饼呢？"

"只有十五打。"

"是的，但是他说了，他用空手道把一条狗劈成了两半！"

"那又怎么样？那不过是吹牛。卓沃尔，我是为你的职业生涯考虑。这是让你在成功的阶梯上上升的机会。难得的机会。"

"是呀，但是你知道我这条老腿。疼死我了。"

"噢，老兄。卓沃尔，你的行为就像个自私自利的、胆小的小爬虫。我为你感到羞耻。"

"我也感到羞耻。那你为什么不自己去呢？"

"啊？好吧，我……"我透过挡风玻璃观察着熊。"他看上去非常自信，是吗？"

"是的。这使我感到好奇。也许他真的是一条罗特韦尔犬。"

"别瞎说。"

"一条微型罗特韦尔犬。"

"嗯。我看不是。"

卓沃尔现在开始发抖。"我听说过这些家伙。他们比别的狗凶猛一倍，不，是凶猛三倍。"

我的大脑在高速运转着。"卓沃尔，这里面有些事情很奇怪，所有的事情都集中到了一个至关重要的问题上：我们值得让牧场治安长官为了油炸圈

饼这样的小事去冒险吗？"

"当然值得。我快要饿死了。"

"什么？"

"我说当然不值得。"

"我同意。在我们对形势得到更多的情报之前，我们没有别的选择，只能保持……冷静。"

"你的意思是……"

"完全正确。我们就让这件事过去了。我们不能冒险。"

我告诉你吧，真的很难熬。为了保持冷静，我们不得不坐在那儿听那个大嘴巴的小……管他是个什么狗……来回走动着，大叫着："我们是最棒的！我们是最棒的！"他向我们竖起耳朵，斜着眼睛，甚至还伸出了舌头。他在笑，他在冷笑，他在嘲笑我们，他在辱骂我们。他叫我们是胆小鬼、懦夫、黄肚皮的乡巴佬。

我们不得不坐在那儿忍受着。整个治安部门陷入了沉默。我们从来没有这么窝囊过。但是然后……

第五章

油炸圈饼

惨败

商店的门打开了，红色皮卡的主人走了出来——汤姆·特乔。他的手里已经没有了油炸圈饼的盒子，因此我断定他已经把油炸圈饼送到了商店里机械师的手里，准备离开了。

在这一点上，我恰巧错了。他没有爬进皮卡，而是走到窗子前。他说（这是他的原话）："嗨，狮子狗。你还好吗？"

卓沃尔和我交换了一个震惊的眼神。狮子狗？这个卑鄙的家伙告诉了我们一个假冒的名字，并以虚假的身份装腔作势！他的名字不叫熊，他也不是什么罗特韦尔犬。

然后小骗子扑进了汤姆的怀里，舔着他的脸，兴奋地尖叫着——这正是你所能想象的典型的流鼻涕的小狮子狗的所作所为。然后汤姆说："我正在跟几个人说话。我一会儿就回来。"他的黑眼睛转到了我们身上。"这些狗打扰你了吗？"汤姆大步走向我们的皮卡，把胳膊肘倚在窗子的沿上，探进身子。"不要跟我的狮子狗捣乱。他感冒了。"他降低声音咆哮着说："想都别想碰我的油炸圈饼。"

是的，长官。

他用脚跟转过身子，对着狮子狗发出了一个飞吻，然后消失在了商店里。我们刚听见门在他的身后关上，卓沃尔和我就互相点了点头，用各自的脚站了起来（他站他的，我站我的），大摇大摆地走到打开的窗子前。小狮子狗正在欣赏他的脚趾甲。

"狮子狗，哈？跟熊的差距也太大了。"

他翘起嘴唇。"怎么了？我可以给自己起任何名字，只要我愿意。"

"是的，好吧，我再给你起个名字——鲶鱼的诱饵。"

我听见卓沃尔在我的身后哈哈大笑。"噢，说得好！"

狮子狗——鲶鱼的诱饵露出了愠怒的面孔。"你们太粗鲁了，我甚至不想跟你们说话。"他看着别处。

"哎哟！伙计，太伤自尊了，狮子狗，但是我们需要说话。"

"走开。"

"刚才的单挑还算数吗？我觉得我可以接受你的挑战。"

他的头来回摆动着，用大眼睛盯着我。"你……我是狗空手道黑带，我说的是真的。"

我对卓沃尔使了个眼色，跳出了窗子。当我的脚接触到地面时，我能听见一口凉气吸进狮子狗肺里的声音。他尖叫着："噢，你现在可别后悔，你真的别后悔！"我向前迈了一步。"好吧，再走一步试试看，伙计！"我又向前迈了一步。"这是你自找的！"我又向前迈了一步，这次他大叫了起来。"救命！杀人了！他想伤害我！"

他消失在了皮卡驾驶室的里面。我飞快地向卓沃尔使了个眼色，昂首阔步地走到了红色皮卡前，跳起来把前爪搭在了窗沿上。我能看见小狮子狗在里面抵着车门，哆嗦着，呻吟着。

"嘿，小狮子狗，你不是说你们有些新鲜的油炸圈饼在车厢的后面吗？"

他又发出了一声尖叫。"走开！汤姆，救命！他们有五个，正在殴打我！救命！"

"好吧，我要你仔细听着，伙计，因为我们吃定你的油炸圈饼了，一个也不剩。"

"你敢！汤姆！"

我转身朝红皮卡的后车厢走去。在经过我们那辆皮卡的车窗时，我看见卓沃尔正在欣赏着我的表演。"好了，伙计，是我们该干活的时候了。我们有十五打的油炸圈饼要吃，时间不多了。"

"你的意思是……"

"我的意思是你说过你快要饿死了，所以我们要赶紧吃。"

他的笑容消失了。"你知道……我并不像我想象的那么饿。你先吃吧。"

"好吧，随你的便。当然，你会后悔的。"

我走到了小狮子狗皮卡的后面，进入了深蹲状态，飞跃过车厢的后门，潇洒得像一头……

漂亮！

……小鹿，正好降落在了一堆盒子中间，撞得盒子四处飞散，散发出一阵强烈的……闻，闻……耶！天哪，这可是一种非常好闻的味道。一个油炸圈饼就如此好闻，那么十五打……我是说它们散落得满车厢都是！

我的嗅觉扫描仪线路被烧毁了。我不知道该从哪儿下嘴，所以我只能……噢，扑向最近的圈饼，开始狼吞虎咽起来。

噢，我的天哪！噢，快乐圈饼！他们像云一样柔软，像梦一样香甜。嘿，汤姆·特乔不仅是个好厨子，还是个面团方面的艺术家！这里简直就是狗的天堂！我狼吞着，嚼着，虎咽着，再狼吞着，嚼着，虎咽着。

你看，也可以说，我知道我们没有多少时间了，我想……门开了？脚步声？没关系，我不在乎。让他们把我送进监狱吧，让他们把我枪毙了吧！无论他们做什么，我都会是一条幸福的狗。

"汉克！"

嘿，现在别烦我，我还有十打没吃完呢！

"汉克！"

突然我觉得自己……噢，在向后滑动，你也可以说是，好像有某种神秘的力量在拽我……是有人在拽我的尾巴！把我从我的宝贝中拖走……我能听见我的爪子在车厢上的摩擦声。

不，不要，不要这样对我！

接下来我知道的就是我被粗暴地抱在了……某个人的怀里……一个穿着牛仔服的生气的稻草人……好吧，原来是斯利姆。他看上去……啊……

"汉克，你到底想干什么！"

噢，我……有十五盒油炸圈饼，你看，它们的确是太好闻了……又没有人看着……好吧，就算有一条矮小的狮子狗，但是几乎就跟没有人看着一样，我只不过是想……

噢，老兄。我打开大脑里的控制面板，按下发送按钮：懊悔的表情；尾巴悲哀地摆动；眼睛里充满了悲惨的眼神。然后，为了加强表演效果，我启动了一个小程序，我们称之为"说实话，不是我干的"。我把这些全发送给了斯利姆……啊……愤怒的脸。

我脑子里的迷雾开始散去。我看见很多人。汤姆·特乔正在数油炸圈饼，并记在一张纸上。鲁普尔站在不远的地方，看着天空，摇着头。有几个

机械师走了出来，在笑着。

斯利姆没有笑。"汉克，你这个笨蛋，回到皮卡里去！现在！"

当然，好吧，没问题。但是如果他能给我一分钟，我能解释……他打开皮卡的门，用靴子踢了我的尾巴一脚。

"进去！"

我跳到了座位上，这对我来说并不容易，因为我的肚子里填满了东西，增加了一些额外的重量。

卓沃尔小声说："你有麻烦了吧？"

"知道了。"

"有多严重？"

"非常严重，但是我认为肯定会更严重的，因为卖圈饼的人正在算账呢。"

斯利姆和鲁普尔站在汤姆·特乔的跟前，在沉重的寂静中看着他把一串长长的数字加在一起。鲁普尔说："多少钱？"

"噢，"汤姆说，"不像我想的那么糟，只有四十美元。我给了你批发价。"

鲁普尔的眼珠儿几乎从脑袋里掉了出来。"四十美元！你把狗带走得了！"

汤姆咯咯笑着。"不，但是我们可以接受支票。"

鲁普尔从屁股兜里摸出支票本，趴在特乔的皮卡发动机盖上，撕下一张支票。在递出去的时候，他的嘴唇发白。"对此我只能说声对不起，这是条傻狗。"

"没关系，鲁普尔。我们两清了。"特乔向大家看了看，笑了。"噢，我认为他喜欢我的油炸圈饼。"没有人笑得出来。

他们握完了手，斯利姆和鲁普尔回到了店里面（当他们从我身边走过时，很轻蔑地瞪了我一眼），特乔爬进了皮卡，启动了发动机。你猜这时谁出现了？是小狮子狗。他蹦到汤姆的膝盖上，欢快地跳跃着，舔着他的脸。汤姆笑着，挠着小贱人的耳朵后面。

真令人厌恶，我背过脸去。但是当特乔把皮卡倒出停车场的时候，我正好瞥见了小狮子狗。他在笑着，挥舞着手告别。噢，他在尖叫着："谢谢你照顾我们的生意，兄弟！"

我快要发疯了，我忍不住要……唉，还是算了。

就在这时，斯利姆和鲁普尔从店里走了出来，我们很快就发现他们在里面耽搁了这么长时间的原因。鲁普尔一直在跟前台经理谈判，恳求他在斯利姆的皮卡修好前先借给我们一辆皮卡。显然他赢得了这次谈判的胜利。

到了外边，鲁普尔把车钥匙抛给斯利姆说："回牧场见，在路上别走丢了。我希望你的狗能喜欢他四十美元的油炸圈饼。"

"这不能怪我。"

"是你把他带到城里来的。"

"那好吧，咱们分摊这个损失，各出一半。你可以从我下个月的工资里扣。这样你满意了吧？"

"不必了。我宁愿自己付，然后能抱怨几句。"

斯利姆点了点头。"我猜着就会是这样。我要开的那辆借来的皮卡在哪儿呢？"鲁普尔指了指停在我们皮卡旁边闪闪发光的最新款红色福特。斯利姆吹了一声口哨。"对我们的牧场来说，这有点儿太奢侈了。我都不知道怎么开这样的皮卡了。"

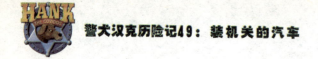

"别给弄坏了。给你的狗付过快餐之后，我可是已经破产了。"鲁普尔走向自己的皮卡，开走了。

我和卓沃尔还坐在坏了的皮卡上。斯利姆过来收拾他的个人物品——手套、修围栏用的钳子、一把铁铲和一根测距绳。他小声地嘟囔着："在今后的半年里，我都要不断地听到他对该死的油炸圈饼的抱怨。都怪你，汉克。"

我？嘿，难道他就没有想过，关于偷吃过油炸圈饼这件事我们是被陷害的？当然没有。毫无疑问，无论发生了什么错事，总是怪可怜的汉克。噢，他要知道……嗝，不好意思……他要知道……伙计，我肯定是让油炸圈饼给撑的……你知道，当你吃油炸圈饼的时候，它们真好吃，不过如果你吃下了几盒……

我觉得不太舒服，我现在才意识到原来油炸圈饼是用油炸的。你以前知道吗？反正我以前不知道。我的意思是，在狂吃的时候，我只是觉得它们轻飘飘的就像夏天里……的云，但是现在……噢，伙计，我觉得我的胃里有一块两百磅重的铸铁。

哎呦。

突然皮卡里面闷热得令人窒息。我能听见我的内脏在搅动，在呻吟，我可怜的身体在抵御油脂的入侵。变了味的油脂，该死的油脂，到处都是油的油脂，沼泽一样的油脂，黏糊糊的油脂，胶一样的油脂，油腻的油脂，永远的油脂，无处不在的油脂。

卓沃尔肯定是听见了我胃里的隆隆声。他竖起耳朵，盯着我。"是你吗？"

"是的。我恨油炸圈饼。"

"你没开玩笑吧？那你为什么还吃了那么多？"

"卓沃尔，头脑简单的人总是问一些显而易见……呆头呆脑……的问题。"

"对不起。"

"你没有看出来吗？我已经失去了理智，在我狂吃的时候，我就失去了理智……我必须从这里出去！"

斯利姆还在收拾东西，驾驶员一边的门开着。我推开卓沃尔，跌跌撞撞地穿过驾驶员的座位，撞开了斯利姆，然后扑到了人行道上。幸亏我及时出来了，因为我饱受折磨的身体已经在与涌上来的油脂做着殊死的搏斗。

在接下来的三十秒里，我对所有的线路和系统都失去了控制。我的意思是，我知道这里不是合适的地方，我就在福特修理厂门前的人行道上，但是我的整个身体已经被一种看不见的力量控制了，我自己已经变成了一个无能为力的旁观者。

当暴风雨过去之后，也可以这样说，我感觉好多了，敢用我的眼神打量斯利姆了。他的下巴抵在胸前，右手捂着眼睛。他摇着头，嘟囔着："我希望没人看见这一幕。"

噢？一条狗还能怎么做，难道非要被油脂淹死吗？

斯利姆收拾完其余的东西，把卓沃尔拽出驾驶室，关上了车门。"快点儿，你们这些小丑，趁我还没有被捕，咱们赶紧从城里溜走。"

他问过我的身体状况了吗？他关心过我刚刚击退了致命的油炸圈饼毒素的攻击了吗？噢，没有。他所想的只不过是……还是算了。

我们跟着他来到了借来的皮卡前，在驾驶员一边的门前排成了一行。忠诚不渝的狗，准备着上车，坐在我们经常坐的地方，这样我们可以跟斯利姆做个伴，帮着他开过漫长的路回到牧场。

他低头看着我，翘起嘴唇。"干过那样的事之后，你还想坐进新皮卡的里面吗？到后面去。那是专门给贪吃的家伙和低级的笨蛋准备的。"

贪吃的家伙和低级的笨蛋？好吧。如果他这样认为，我坐到后面也没问题。再说了，他以为我愿意跟他坐在前面吗？在他说过这些可恶的话之后，我不敢肯定我以后是否还愿意跟他坐在前面。

当老朋友的情谊走到尽头的时候，总是令人难过，但是我知道我们再也不会像从前一样了。他毁了我心中某些宝贵的东西，践踏了一条把一生都用来讨好自己主人的狗的自尊。

我们狗坐在皮卡的后厢里回到了牧场。当我们停在器械棚前的时候，我跳下皮卡，走开了。

我们之间结束了。四十美元油腻的油炸圈饼使我付出了代价，失去了我生活中最亲密的朋友。

第六章

我在一堆面
团中失去了
我的朋友

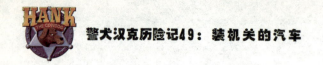

　　读到这时，也许你的眼睛里已经充满了泪水，书上的字迹开始模糊。我能理解你，我的心几乎快要碎了，我将永远地离开斯利姆。事实上，这是一个无法用语言来表达的悲剧。我坐在器械棚冰冷的寂静中，创作了一首永别的歌曲。如果这首歌引起了你失声痛哭……噢，我们也没有办法。

我在一堆面团中失去了我的朋友

这样的事发生在城里一点儿也不奇怪，
他们也不会因为四十美元而破产，
事情发生了，好像他们没有任何责任，
他们总是把罪责强加给可怜的汉克。

也许我应该有所克制，
使可怜的斯利姆免遭社会的谴责。
但是我们知道油脂是可以致命的，
我在一堆面团中失去了我的朋友。

我对我的行为所引起的所有的不快表示遗憾，

我的行为已经引起了愤怒和不满。

我猜如果我死了也许他会高兴，

让我在淹没我的油脂中结束自己。

我从来没有想到事情会是这样，

看来我们的友谊并不完美、快乐。

但事实就是这样，或者我认为就是这样，

现在，看来我们的友谊已经彻底不存在了。

我曾以为我们的友谊是能经受住考验的，

在很多时候好像还非常不错。

但是现在它就像雪一样融化了，

我在一堆面团中失去了我的朋友。

好吧，我真傻，我不该干傻事，

抢劫了油炸圈饼并把它们吞了下去，

然后还把它们都吐在了地上，

使斯利姆在城里觉得非常尴尬。

多少年来我一直是他最亲密的伙伴，

你认为他能够忍受

一两个……甚至十个这样的错误，

我认为他的皮很厚。

我痛苦，我悲伤，我冥思苦想，

结果将会怎样……但一切都太晚了。

他曾经有一个朋友，但又让他走了，

我在一堆面团中失去了我的朋友。

大声地哭吧，没人会在意的！

还没有到危机的时刻，国家也没有发出警报。

我们的身体和血液里还没有沾上污垢，

只不过是一条狗碰了他的甜点而已。

只不过是一条狗碰了他的甜点而已！

　　一首非常悲伤的歌，哈？的确是这样。当我写下这些痛苦的话时，泪水流过我的脸颊，从我的下巴上滴落，在我的脚下汇集成一个悲伤的水池。是真的。创作这首歌是我职业生涯中最艰巨的任务之一，但这又是我必须做的一件事。

　　说实话，我不知道我是否还能活下去。这些年来，斯利姆已经成为了我生活中重量的一部分……应该是重要的一部分，我无法想象这一切怎么就一下子结束了呢。我的意思是，想想我们在一起的幸福时光吧：在大雪里一起喂牛，在冬天寒冷的夜晚睡同一张床，在木棉树的树阴下分着吃同一个鲭鱼三明治……

　　实际上，鲭鱼三明治给我带来了一些不愉快回忆，因为它们曾使我严重地消化不良，但是你明白我的意思，这并不影响我们的友谊。

斯利姆和我亲近得就像一个锅里的两粒豌豆、一只脚上的两个趾头、一只靴子里的两只脚、门廊上的两只靴子、一座房子里的两个门廊、一条街道上的两座房子。从我的角度来说，斯利姆需要一个不嫌弃他是一个肮脏的单身汉的忠实朋友，但是从他的角度来说，我需要……噢，很显然我需要的不多，就因为在城里发生的一个微不足道的事件，他就毁了我们的友谊。

好吧，我必须承担罪责中很小的一部分。如果我吃了两个油炸圈饼而不是两百个，也许情况会不一样，但还是……

好了，这一切都结束了，数年的友谊被抛弃在了生活的马桶里。当然，我本应该离开牧场，变成一个无家可归的流浪汉，但是我太悲痛了，太伤心了，所以我决定把离别推迟到明天。在器械棚黑暗角落的一块破布上，我度过了烦躁不安的一夜。

第二天早晨，我正准备离开，突然听见有人在叫我的名字。"汉克？你在里面吗？汉克？"

当然是卓沃尔，我在这个世界上最后一位真正的朋友。这会让你觉得我的处境是多么悲惨。我从破布床上爬起来，向推拉门走去。的确是他，这个头脑简单、弱智的小傻瓜站在清晨的阳光里，看见我好像很高兴。

当我出现在他的面前时，他开始跳着转圈。"噢，太好了，我太高兴了！我为你担心了一个晚上。我还以为你会……噢，跑掉了或者别的什么。当我们从城里回来的时候，你看上去很难过。"

我滑过推拉门的缝隙，走到外面。"谢谢你，卓沃尔。你的关心令我很感动，但是你也许不应该浪费你的时间来为我担心。"

"你在说什么？"

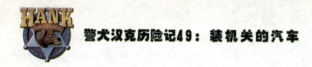

"事情很明显，难道不是吗？发生在城里的事件使我的名声扫地。我和斯利姆之间一切都完了。"

他不再跳来跳去了，两眼盯着我。"你是指吃了那些油炸圈饼？"

"没错。我也不知道当时是怎么搞的。如果我当时只吃了两个，情况就大不一样了，但是两个或者三个能使我满足吗？当然不能，我当时想把它们全吃掉！这是我做过的最愚蠢的事情之一。"

"是的，但是任何一条狗都可能这样做。"

"卓沃尔，任何一条狗都不会这样做。你就没有这样做。你坐在皮卡里，看着整件事发生，并且你没有惹麻烦。你从来就没有惹过麻烦。我不知道你是怎么做到的，但是这确实让我很生气。"

他咧着嘴笑了。"很简单。我胆小。"

我盯着这个小矮子看了半天。"你承认你的胆子小？"

"噢，当然了。你迟早会发现的。"

我虽然没有心情笑，但还是笑了出来。"哈……卓沃尔，太明显了。"

"是吗？"

"当然是。除非你又聋又瞎才不会注意到。"

"该死。"他的头垂了下来，"我一直想保守这个秘密。你知道，我也不愿意这么胆小。"

"好了，这样看来也有好处，伙计。你至少还有工作，而我却生活在羞愧和耻辱的阴影下。旁观者也许会认为你的结果更好。"

"是的，不过我很讨厌这样。有时候我更希望能像你那样，勇敢，大胆。"

"我就是那样，勇敢，大胆。而且还无家可归，丢掉了工作。"

他叹了一口气："天哪，你是说……"

"昨天之后……卓沃尔，我别无选择。"就在这时，我们听见一辆汽车开过来的声音。我本能的第一反应就是直接进入警戒和警报程序，但是我马上想起来：这已经不是我的工作了。"是的，卓沃尔，我要离开牧场了。"

"那是斯利姆的皮卡。他朝这条路上来了。"

"噢，那我就更有理由上路了。我相信他不希望在这儿看见我。"

我准备离开，但是卓沃尔冲到我的身后。"等等，再给他一次机会，看他怎么说。也许……汉克，我认为他不会让你走的。"

我站住了。"真的吗？"

"是的，如果你看上去很悲痛，很后悔，也许他会忘了所发生的事。"

我想了想。"嗯。好吧，反正我也不会失去什么。我可以试着表演一个最深切的忏悔节目。"

"是呀，这样做以前管用过，并且我会帮你的。我们都作出悲痛和懊悔的表情。"

我把一只爪子搭在他的肩膀上。"照你说的，那咱们就试试。如果有效，也许有一个升迁的机会正在等着你。"

"噢，天哪，一次升迁的机会。我都等不及了。"

我们赶忙回到了器械棚的门口。"好吧，士兵，你就待在这儿，我待在那儿。等他的车一开过来，咱们就要各就各位。等他一下车，咱们就开始。记住了，卓沃尔，咱们在这儿表演的可是葬礼。"

"葬礼。明白了，你就擎好吧！"

他赶紧跑到推拉门的西边他的位置上，我则占据了东边我的位置。等斯利姆一到，他没法躲过我们的表演。

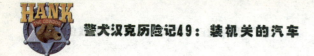

我听见了轮胎碾压在石子路上的声音，急忙检查了一遍最深切忏悔表情的程序：一动不动的尾巴，没有生气的耳朵，低垂的头颅，空洞的眼睛，沮丧的嘴唇。当斯利姆的车停在了器械棚的门口时，我已经都准备好了。我瞥了卓沃尔一眼，满意地看到他也已经就绪了。

舞台已经搭好了。这将是我职业生涯中最重要的一场表演。如果我们的表演成功了，也许我的生活就能回到从前的状态。如果我们演砸了……我甚至不敢想结果会是怎样。

你感到紧张了吗？反正我感觉到了。空气都要凝固了，你能用勺子把它舀起来。

皮卡停下了。门打开了。斯利姆的左脚踏在了地上，然后是他的右脚。皮卡的门砰的一声关上了。以他一贯的步法（像沾了黏黏的糖稀一样），他向推拉门走来，不过……嘿，怎么回事？他两眼看着地面，没有看我们，而且……

我简直无法相信。他从我们身边走过，进入了里面。他甚至没有看见我们！

我瞥了卓沃尔一眼。他看上去有些泄气。"勇敢点儿，伙计，继续坚持下去。他一会儿就会回来，我们还有一次机会。"

"好吧，我会试着打起精神的。"

"不，不对，要没有精神。别忘了：葬礼。"

"噢，对了，我明白了。"

我们听见斯利姆在工作台上翻找什么东西。然后……脚步声又一次向我们的方向传来。他出来了。我使尽全力传送出懊悔的表情。他走向了皮卡……他的眼睛还是盯着地面。

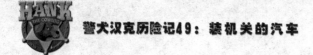

他还是没有看见我们！怎样才能吸引这个家伙的注意力呢？

他伸出手去抓门把手。完了，我们没有机会了。我别无选择，只能开始呻吟和哀嚎。我深吸了一口气，然后发出了悲哀的嚎叫声，竟然使他愣在了那里。

"嗷……！"

他的头慢慢地转了过来，他看见了卓沃尔，然后又把目光移向了我。他皱起眉头。"这是怎么了？你们看上去像刚刚从葬礼上回来。"

起作用了！

他走到我的身边，近距离地观察着我。"你生病了？"

啊……不，不是病了。那已经是昨天的事了。今天……是悲伤、痛苦，被自责和懊悔所折磨，有一种内疚感，深深地内疚。

他挠着我的脖子后面。"好了，在你干了那些事之后，你应该生病。"

我向上转动着眼珠，我尾巴尖最顶端的两英寸慢速地拍打着。

"你为把自己搞得像头猪感到歉意？"

噢，是的，深深的歉意。

"你为吐在人行道上而感到歉意？"

绝对的。内疚感和懊悔折磨得我几乎闭不上眼睛。是真的。

他跪下一条腿，把一只手放在我的头上。"做了傻事肯定会不好受，是吗？"

噢，是的，的确是这样，虽然……噢，我不知道该怎样说才对。

"正好我自己也有一些这方面的经历，所以我不再生你的气了，小狗。你使我想起了我自己。"

噢，真的吗？太好了，我……我不知道说什么才好。

他用一根手指指着我的鼻尖。"如果我让你们这些笨蛋今天早上去喂牛，我猜你们会表现得像半个文明人吧？"

噢，是的，没问题。半个文明人，甚至是三分之二个文明人。绝对的。

他把嘴唇抿成一条线，眯着眼睛。"那好吧，上车。也许我们今天能见到我的宠物郊狼。"

我几乎没有注意他提到的所谓的宠物郊狼。当时只顾着高兴，我保住了我的工作！斯利姆和我又成了朋友，噢，多么令人开心的一天啊！

我再也控制不住自己。我跳进了他可爱的怀抱里，不过……噢，他并没有热烈地拥抱我，因为我撞得他直往后退。当他倒在地上的时候，我舔了他的脸，从一只耳朵舔到另一只耳朵。他笑着抱住我的腰，有那么一会儿，我们是在摔跤，在地上翻滚着。嘿，就像过去一样。我又找回了我的生活……

啊？

斯利姆愣住了。我也愣住了。有人……正站在我们的身旁。

第七章

我们坐在
<u>崭新的豪</u>
<u>华皮卡里</u>

我的目光随着陌生人的腿向上移动，最后落在了……鲁普尔的脸上。他单腿站着，正在剔牙缝里早餐的碎屑。

"我打扰你们了吗？"

斯利姆抓起地上的帽子，站了起来。"噢，没有，我跟汉克正在……摔跤。"

"摔跤。"

"随便玩玩。"

"噢，好吧，我只是想知道今天早上你是否还有时间去喂牛。当然了，如果你不方便，我们可以推迟几天。"

斯利姆冲他皱了皱眉头。"你就喜欢在我尴尬的时候出现，对吗？"

鲁普尔忍不住笑了起来。"对，我就喜欢这样。谢谢了，斯利姆，你已经耽误了我一天的时间。"他已经准备走开了，但是突然他的目光又落到了我的身上，他的笑容就像一只死鸽子掉在了地上。"四十美元。"他摇着头向畜栏走去。

噢，我们有必要总翻这些旧账吗？嘿，我们已经度过了那个危机，继续各自的生活。

噢，好了。斯利姆和我已经没事了，他又邀请我们去帮他喂牛了。你知

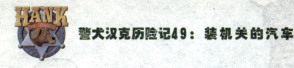

道吗？他甚至让我们坐进了借来的豪华新皮卡车的驾驶室里！是真的。我简直有点儿无法相信，因为这事发生在他对油炸圈饼事件大惊小怪之后。这就是斯利姆可爱的地方。他并没有抓住一点儿小毛病不放，他不像某些人（我不想提到他的名字）会没完没了地生气。

我还是忍不住要提他的名字，那就是鲁普尔。

当我们坐在了新皮卡车的驾驶室里，斯利姆启动了发动机，听了一会儿。"这是一辆柴油车。你们觉得怎样？"

噢，噪音……有点儿大。真的很大。听起来就像一辆翻斗车。

"我喜欢柴油车的声音。看看这个。"他打开了收音机。"正常，还有雨刮器。"他打开雨刮器，咧着嘴笑得像个小孩子。"噢，看这个。"他按下了扶手上的一个按钮……真神奇，副驾驶一边的窗子升了起来，他冲我们眨了眨眼睛。"嘿。电动窗，甚至还有电动门锁。"他按下扶手上的另一个按钮，门锁上的小装置上下移动着。"你们觉得这个怎么样？"

简直令人难以置信。我和卓沃尔惊得说不出话来。我们从来就不知道还有如此奢侈的东西，甚至连想都没有想过。

"这辆皮卡对我来说，有点儿太奢侈了，但是我并不在意享受几天。哎呀，在开了几年鲁普尔的那堆垃圾之后，我应该享受它。你们狗同意吗？"

噢，是的，我们对此毫无疑义。他应该享受一下……噢，我们也应该享受一下。毕竟我们也忍受过那垃圾一样的皮卡——难闻的气味、到处的尘土、在草场路上的颠簸。我从来就不是那种追求奢华和享受的狗（如果那样，一不留神就会把你变成像狮子狗一样），但是我认为只享受上几天我还是能经受得住的。

斯利姆踩下离合器，挂上一挡，我们到干草垛去装些干草。那年冬天，我们给大部分的牛喂装在袋子里压成小方块的饲料，只给一群有小牛的母牛喂干草。为什么要喂她们干草呢？噢，根据我的回忆，这与什么事情有关……什么来着？想起来了，产奶。苜蓿干草好像对给小牛喂奶的母牛有好处，可以帮助她们产更多的奶……好像就是这样。

把干草捆装到皮卡后厢里的活大部分都是斯利姆干的。好吧，全都是他干的。牧场狗可以做很多事情，他们中的一些真的很神奇，但是不包括像装干草这样的活。但这并不意味着在斯利姆辛勤工作装干草的时候，我只是坐在那儿闲看着。不会的，先生。每次当他搬起干草的时候，我都会在他的身边，查看有没有……

"汉克，别挡道。"

……老鼠。你看，当冷天气来临的时候，那些地里的老鼠就会离开地里和草场……

"汉克，走开！"

……移居到干草捆的缝隙里。一旦住进了草垛，他们就会在干草里打洞，做窝，通常会把干草弄乱……

"汉克！"

啊？

"在我往皮卡上搬干草捆的时候，会绊倒在你身上的。"

噢。

"现在离干草垛远点儿。坐到地上去抓跳蚤。"

当然了，没问题。

总之，就像我所说的那样，在装干草的时候，一条狗最好是坐在地上，抓着跳蚤，在旁边看着。但是这跟游手好闲可不一样。游手好闲是完全不同的概念，而且你从来不会看见我游手好闲。现在，卓沃尔是另一码事，但是我们没必要说他。

斯利姆往皮卡的后厢里装了二十捆干草，然后我们就向西北方向的草场出发了。他把车窗的玻璃放了下来，这样我就可以把脑袋伸到外面去。你知道，狗都喜欢这么做。我们喜欢把头伸到窗子的外面，因为……噢，谁愿意隔着一层玻璃看外面的世界呢？反正我不愿意。我喜欢融入到世界中。

斯利姆看见我把头探到了窗外。"汉克，你那边也有电动按钮，所以你踩上去的时候要小心。"

当然，没问题。你知道，当你把头放在行驶皮卡的窗子外面，感觉真的不一样。当然我说的是一条狗。人类就感受不到我们所感受的那种刺激。

对于我们来说，那真是一种很特别的感觉。你知道吗？好比说，如果你让脑袋保持在某一个角度，风会吹着你的耳朵来回晃动。我说的是真的。换个角度，如果你把舌头伸在嘴的外边，风会吹得你的舌头颤动。我是认真的。那可是一种非常美妙的感觉。

总之，这就是一些有关车窗的知识，也说明了我总是选择坐在靠近窗子的副驾驶座的原因。我喜欢清风吹过脸颊的感觉。

但是你还不知道吧？卓沃尔已经开始抱怨了。"糟糕，我希望有时我也能坐在副驾驶座。"

我把头缩了回来，面对着小矮子。"什么？"

"我说，你从来不让我坐在副驾驶座，所以我从来没有把头伸到过窗子的外面。"

"没错，但你知道是为什么吗？"

"因为你自私？"

"不对，正好相反。我这样做是为了你好。卓沃尔，你知道把脸伸到正在行驶的皮卡的窗外有多么危险吗？"

"我不知道。"

"非常危险。你想想吧。当你以每小时三十英里的速度在行驶，如果一只蚂蚱正好飞起来撞到了你的脸上，当然了，不用说你也应该知道会造成什么样的后果。"

"我从来没想到过这些。"

"这就是我坐在这儿的原因，伙计，保护你免遭你还没有意识到的危害。现在你看那些大个的绿色蚂蚱。他们肯定能弄断你的牙齿，弄塌你的鼻骨，甚至能撞出你一只眼珠儿。"

"噢，我的天哪。撞出眼珠儿？"

"是真的。他们能一下子就把你的眼珠儿撞出来。你喜欢这样吗？"

"我不喜欢。有条秃尾巴就够倒霉的了。"

"那好吧，你还认为我坐在窗子跟前是自私吗？你现在知道真相了吧。"我把一只爪子搭在他的肩膀上。"我只是为了保护你不撞上致命的蚂蚱。"

"天哪，谢谢了。"他想了一会儿，然后皱起了眉头。"是呀，但是在冬天里没有蚂蚱。在近两个月里我一只也没有看见过。"

"卓沃尔，你没有看见过蚂蚱，事实上这并不等于他们没有潜伏在周围，只能说明你没有看见而已。你是知道的，他们非常狡猾。"

"我并不知道。"

"他们是的。非常狡猾。永远不要相信一只蚂蚱。正当你认为他们都飞走了的时候，就会有一只从沟里飞出来，把你的眼珠儿撞出来。我们不能冒这个险。"

他垂下了头。"我想你是对的。但我讨厌总是呼吸这不新鲜的空气。"

"卓沃尔，不新鲜的空气总比没有空气好。难道你愿意生活在黑暗的矿井里？那儿没有空气。"

"我不愿意。我怕黑。"

"那好吧。坐在中间的位置上，你可以尽情地享受阳光和污浊的空气。你应该想你喜欢的事，不要抱怨了。现在如果你不介意，我要回到我的车窗边去了。"

我把头伸出车窗，享受着一阵新鲜清洁的风。啊！太棒了。在风的呼啸声中，我听见卓沃尔的声音。"是呀，但是蚂蚱为什么从来没有把你的眼珠儿撞出来呢？"

"对不起，伙计，你已经错过了提问题的时间。留到下次再问吧。"

把脑袋放到窗子的外面真好，这是一条狗的特殊乐趣之一。卓沃尔没有一起尝尝这种经历使我感到悲哀，但是……噢，皮卡上只有一个靠窗子的副驾驶座，我们其中的一个只能……

啊？

突然，窗子的玻璃开始向上滑动。在惊慌和震惊中我退了回来，开始狂吠。还真管用，窗子停住不滑动了……虽然窗子没有离开它的轨迹。总之……没什么大不了的。

当我们抵达西北草场的时候，母牛们已经站在了喂草的地方，正在等着我们。有二十头或者三十头站成一小群。你知道吗？母牛有非常好的时间感。想想母牛在很多方面都很笨，这一点真的太神奇啦。一旦我们确定了每天喂草的时间，她们在每天的那个时候就会盼着我们。如果我们没有来，她们就会站在那儿哞哞叫着抱怨，直到我们出现。

斯利姆走下皮卡，数着母牛。她们都在。他又进到里面挂上了自动驾驶挡（一挡），他通常都是这样干的。你可以想象只有他自己的时候是怎样喂牛的。他给皮卡挂上老奶奶一样的慢速挡，然后松开离合器，让皮卡自己往前开，这时他爬到皮卡的后厢上往下扔干草。

这对我来说一点儿也不新鲜，我的意思是，斯利姆和我以前就这样干过很多次，每次都很完美。好吧，并不是每一次都很完美。你也许还记得，有一次他跳下皮卡，窗子却被摇了起来，差点儿把自己锁在了皮卡的外面。那次真的很吓人，因为我被独自留在了开动的皮卡里。

但是斯利姆从粗心大意中吸取了教训，这一次他让两边的窗子都开着，所以那样的事情就再也没有机会发生了。

他给皮卡挂上了低速挡，松开了离合器，皮卡开始移动。他跳下车爬上了后厢，开始往下扔干草。那么我呢？跟你想象的一样，我利用这个机会把头伸出副驾驶座旁边的窗子，深深地呼吸着新鲜的……

吱吱……

啊？

第八章

陷入困境！

　　我的天哪，除非是我看错了，窗子的玻璃又开始移动了。到底是怎么回事？无缘无故玻璃就动了起来，没有人把它摇起来，也没有经过我的允许。

　　是真的。我站在那儿，看着它吱吱地关上了。你知道吗？这开始让我紧张起来。不仅仅是未经我的授权就关上了窗子，而且还断绝了我新鲜健康空气的来源。难道我就这样坐着那儿闷闷不乐地呼吸这污浊的空气吗？不会的，先生。我把身体移向驾驶员一边的窗子。

　　我跨过卓沃尔，向开着的窗子挪去。我估计他大脑里曾有过的怀疑又突然回到了他的身上。"怎么回事？怎么会……"

　　"别担心，伙计。一切都在我的掌控之中。"我走到驾驶员一边的窗子，让肺里吸满了新鲜的空气。

　　在我的身后，卓沃尔说："糟糕，另一个窗子是自己摇起来的吗？"

　　"好像是这样。是的。"

　　"噢，我现在明白了。你踩到了按钮。"

　　"按钮？我不知道你在说什么。"

　　"噢，这里有一个按钮……"

　　"每一件衬衫的袖子上都有一个纽扣，而且每一个纽扣上面都有线，我没有时间讨论线和纽扣。重要的是我们还有一个新鲜空气的通道。"

"是的，但是你最好小心点儿你踩的地方，否则你会干出同样的事情。"

"卓沃尔，我踩在哪儿跟你一点儿关系都……"

吱吱……

啊？

那个时候我正在看着卓沃尔，能看见他的眼睛由一个小点变成了一个大大的圆球。然后他倒抽了一口凉气。"噢，我的天哪，你把这个窗子也摇起来了！我就知道会是这样！我提醒过你！"

"你能安静会儿吗？这跟我一点儿关系都没有。我只不过站在这儿，正在想自己的事情。"我的目光扫视着驾驶室。"卓沃尔，这辆皮卡有些地方非常古怪。我们必须保持警惕。"

他倒在座位上，开始喘息起来。"是的，我现在喘不上气来。"

"你当然能喘上气来。"

"是的，但是所有的空气都变得污浊了，我讨厌呼吸污浊的空气。我想我肯定会被憋死的！"

"噢，胡说八道。卓沃尔，这些皮卡的驾驶室不是密封的，这是常识。还应该有大量的……"我大大地吸了一口气。突然空气好像……啊……非常污浊。我又大大地吸了一口……"天哪，卓沃尔，我们没有空气了！"

"我就知道会是这样！救命，我要憋死了！"

"镇静，伙计。我们必须要表现出专业素质。试着……"我的大脑在快速运转着。"试着定量吸气。"

他盯着我。"你怎么定量吸气？"

"噢，你只要……我也不清楚。"

"噢……！"

"别嚎了，这仅仅是第一步。嚎能消耗掉大量宝贵的碳元素。再别嚎了。"

"好吧，我会忍着。也许我们应该安静地坐着别动。"

"好主意。现在我们开始。"我离开了窗子，和他一起坐在中间的位置上。我们进入了雕像模式，连身上的毛都一动不动。皮卡在草场上咯吱咯吱地向前行走，斯利姆在卸着干草，我们定量呼吸着，每次只吸进百分之四十六的空气。"我认为这样能行，伙计。现在我们要做的就是等着斯利姆。你觉得如何？咱们能熬过去吗？"

没有回答。我向右边瞥了一眼，看见他已经昏过去了。一股寒意穿过了我的脊梁骨。

"卓沃尔，你说话呀。你能听见我的话吗？"

他呻吟着。"你说什么？"

"噢，我实际上除了'你说话呀'什么也没说呢。"

"你是想让我说话，还是听你说话？"

"我无所谓，怎么着都行。"

"噢，我听不清你说什么。一切都变得很模糊。"

"那好吧，你对我说。"

"我刚说过了。"

"是的，但是你什么也没有说清楚。"

"当快要憋死的时候，谁还能说话呢？"

"试试吧，卓沃尔，向我报告一下你的情况。"

"什么？你快不行了。"

"我说，向我报道一下你的演唱！"

"没有任何意义了，一切都在逝去！"

"坚持住，伙计，千万别失去知觉。斯利姆随时可能来，他总能救我们。"

"所有的东西都变黑了！"

"睁开眼睛，卓沃尔！"

他睁开了眼睛，眨了几下。"好多了。"

"你看？再坚持几分钟。定量呼吸空气。数羊。想一到十之间的一个字母。或者……等等，我们可以问二十个问题，这样能帮助我们熬过这段时间。"

"谁先问？"

"你先来。我觉得心里有点儿慌。"

"好吧，我试试。"他的脸上出现了聚精会神的表情。"我的第一个问题是，你为什么不能把窗子摇下来？"

我盯着这个小矮子。"我为什么不能把窗子摇下来？因为这儿没有摇柄或者把手，你想过这个问题吗？"

"是的，但是也许你可以回到门上去，踩一下其中的一个按钮……"

"等等，停。我们已经终止了有关线和纽扣的谈话。"

"是的，但是你看看那些门上的按钮。"

我眯起眼睛，研究着所谓的门。"噢，是这些按钮吗？好吧，你是什么意思？"

"噢，我认为你如果踩它们其中的一个，也许窗子会降下来。"

"卓沃尔，这是你所说过的最愚蠢的话。一个按钮怎么可能把窗子降下来呢?"

他叹了口气。"汉克,你试试。我认为能行。"

我把这个问题深深地思考了半分钟。"那好吧,我就相信你一次。我的经验告诉我,这是一个错误,但是为了你,我可以试试。"

"多谢了。你不会失望的。"

我走向左边的门,把我的爪子放在了按钮上,按了下去。

咔嗒。

奇怪。窗子上下移动的声音应该是吱吱的。我刚才听到的声音好像是咔嗒声。很显然,卓沃尔的试验以失败告终了。

在我的身后,我听见他所发出的抱怨声。"噢,糟糕!你把门给锁上了!"

"我没有。我只不过是……"我仔细地观察着窗子旁边小小的门锁装置。它好像是……啊……到了下面的位置。"卓沃尔,我不是想吓唬你……"

"救命啊!"

"……但是某个地方出现了严重的错误。这辆皮卡自己把门锁上了!"

"救命啊!"

"请你把嘴闭上,别叫了!你的喊叫声让我没法思考。"

"嗯!"

"什么?"

"我把自己的嘴捂上了。"

"噢,多谢了。仔细听着,我们现在只能做一件事。"

"砸窗逃出去?"

"不。我们必须藏起来。等斯利姆发现了窗子被摇起来了,门被锁上了，他可能会责怪我们的。"

"糟糕，我从来没有想过这些。"

"快点儿，伙计，进入掩体！趴在地板上！"

一眨眼的工夫，我们两个跳下座位，趴在了地板上，尽可能地贴着副驾驶一边的门。为了加强隐蔽的效果，我们还用爪子捂上了眼睛。我们消失在了黑暗里，变成了隐形狗。

"干得好，伙计，我想这回他就发现不了我们了。"

"你真的这么认为吗？"

"噢，是的。他永远也看不出来。"

我们趴伏在黑暗里，听着发动机的嗡嗡声。但是然后……啊，我听见斯利姆在拉门把手，他想进到皮卡里面来。然后他砸着窗子上的玻璃，然后我们听见他的喊声："嘿！"

"嘘。别偷看，卓沃尔。只要他在外面，咱们就是安全的。"

经过了很长一段时间的沉默，卓沃尔说："你知道，我并不太相信我们是安全的。"

"什么？"

"皮卡还在走着……却没有人驾驶。"

"噢，当然了。你是什么意思？卓沃尔，请快点儿说。"

"噢，我刚才只不过在想，也许……我们应该让他进来。"

"什么？你疯了？如果我们让他进来了，他就会知道是我们把他锁在外面的。"

"是你干的，不是我。"

"卓沃尔，这跟我一点儿关系也没有。从另一方面来说……"我拿掉了捂着眼睛的爪子，坐了起来。我能看见窗子上斯利姆的脸。他在喊着什么，我却听不见。"卓沃尔，斯利姆就在门那儿。也许我们应该看看他想干什么。"

我来到了驾驶员一边的车门。通过窗子我能看见斯利姆正跟在行驶皮卡的旁边疾走。他喊叫着，砸着窗子，指着前面的什么东西。嗯，一条峡谷。然后他指着窗子沿上的小门锁装置。他想告诉我什么呢？

狂吠？好吧，也算合乎情理。他要我狂吠。我深吸了一口污浊的空气，发出了一阵低沉浑厚的狂吠。

我的狂吠产生了非常奇怪的反应。他的眼珠儿好像转到了头顶上，他还在不停地喊叫着，砸着窗子。

再大声点儿？没问题，这我能办到。我重新深吸了一口气，然后发出了一阵巨大的狂吠声，这可是我职业生涯中最令人印象深刻的狂吠之一。尽管这样好像还是没用，我的意思是，他还在外面，叫喊着，像疯子一样挥着手。

他到底想说什么？难道他是想让我啃方向盘？也许就是这个意思。我是说，有时候在非常紧急的情况下，噢，一条狗咬住什么东西就能扭转局势。我站到扶手上，想告诉他我已经明白他的意思了，但是……

吱吱……

真该死。窗子摇了下来。奇怪！斯利姆把手伸了进来，拽起了门锁装置，拉开了门，把我推到了一边，自己跳到了座位上，转动钥匙，关闭了发动机。皮卡慢慢地停了下来。

驾驶室里的气氛变得……可以说是，非常安静。斯利姆喘着粗气，用呆滞的目光直直地盯着前方。他抬起一只手摘下帽子，在面前扇着。他的手在

发抖。

卓沃尔和我交换了一下不安的目光。寂静变得非常沉重，我们想知道接下来会发生什么事情。电闪雷鸣？勃然大怒？指控将从所有的方向向我们袭来？我们在死一般的沉默中等待着，我们的心像打架一样在跳动。

最后，斯利姆眨了眨眼睛，深深地叹了一口气，然后他的目光滑到了……啊……我的身上。我向后退缩，准备经受一场狂轰滥炸。

我觉得我有麻烦了。但这是为什么呢？

第九章

卓沃尔得到了晋升

我什么都没干，但好像我又惹上了麻烦，还是让我们面对现实吧。这可不是我惹上麻烦的好时机。我的意思是，油炸圈饼的事件对我的名誉已经造成了严重的损害，就在不到一小时前，我费了很大的力气才挽回了局面。这个时机太糟了，非常糟糕。

我垂着头，等待着暴风雨的降临。让我吃惊的是，暴风雨并没有来，斯利姆甚至没有生气！他用嘶哑的声音说："前面的峡谷有二十英尺深。如果这辆新皮卡掉了下去，鲁普尔会扭断我的脖子。我们再也不要干这样的事了，你们说呢？"

哇！我真想拥抱他一下。首先我什么也没有做，但是我保证永远也不会这样干了。

他用发抖的手理了理额前的乱发。"我忘记了这些电动装置。他们不应该把这些东西安装在牧场的卡车上。"

完全正确。窗子自己就摇了起来，门无缘无故地就锁上了。它简直太丢脸，可耻，让人无法忍受了。斯利姆和我都很气愤。这辆皮卡就是一个陷阱，对无辜的狗来说一点儿也不安全。

斯利姆平静下来后，他发动了皮卡，我们驶回了牧场总部，又往皮卡的后厢里装了二十捆干草。然后我们向东驶向狼溪公路去喂更多的牛。现在看来斯利姆的心情好多了，我的心情也好多了。

在我的心里，只剩下一小片乌云还遮挡着万里晴空里的阳光。副驾驶座边上的窗子摇起来了，你看，我呼吸不到清新的空气了。也许你会觉得这也不算什么，但对于一条牧场狗来说，这可是一件大事。我需要新鲜的空气。

但是一条狗又有什么办法呢？我只能坐在副驾驶座上，隔着玻璃看着外面的世界，呼吸着污浊的空气。我们讨论过空气的质量吗？研究表明如果狗长时间地呼吸污浊的空气就会变得……噢，污浊、大脑迟钝、懒惰、低俗。我的意思是，看看污浊的空气把卓沃尔变成了什么样子。

我肯定需要新鲜的空气，这时我注意到斯利姆一边的窗子摇了下来。如果我……噢，移动到他那儿和他分享那个窗子，他会介意吗？也许他不会注意到，即使他注意到了，我也非常自信他能理解我们正在经历着皮卡里坏空气的侵蚀。

难道他希望牧场治安长官生活在恶劣的环境里呼吸污浊的空气吗？当然不会。我非常肯定他愿意和我分享那个窗子。

尽管在这件事情上我是在遵从斯利姆的意愿，但我还是有一种感觉，我需要……啊……让我怎么说呢？就这么说吧，要悄悄地做，要慢慢地、优雅地。我的意思是，那些普通的低级杂种狗从来不会想到优雅。他们只会莽撞地穿过座位，扑通一声坐在驾驶员的膝盖上，然后把流着口水的嘴伸到窗外。

我可不会这样做。如果我们不能做得很得体，那么我们宁可不做。

我首先研究着斯利姆……可以说是脸的侧面。他好像正陷入思考中，这是个好兆头。我触摸着大脑里的键盘，输入了进入我们称之为悄悄爬行程序的指令。我开始慢慢地移动我的庞大身躯，穿过座位，同时用小心的眼神盯着斯利姆。

给你留下了深刻的印象，哈？的确是这样。

斯利姆什么也没有怀疑，但是我知道我几乎不可能越过卓沃尔而不引起抱怨。情况果然如此，当我试着滑过他和座位之间的狭小缝隙时，他觉察到了。

"你要到哪里去？"

"嘘，小声点儿。我的窗子摇起来了，在污浊的空气里我都快要窒息了。"

"当我说这话的时候，你告诉我，让我数自己喜欢的事。"

"你数了吗？"

"数了，我数了一件就不数了。"

"噢，重新数。你肯定是错过了什么。"

"我能想到的只有阳光。"

"我们有很多喜欢的事情，卓沃尔，有上百个。你必须到生活的缝隙中去寻找。现在如果你不介意……"

最终他还是挪开了。"噢，这样好像不公平，你总是能呼吸到新鲜的空气，而我却必须坐在中间。"

我叹了一口气。"好了，卓沃尔，还记得我们所谈过的晋升吗？此时此刻，我把你晋升到副驾驶座的位置上。"

他的眼睛亮了起来。"噢，太棒了，副驾驶座！我做梦都想着坐到副驾驶座上。"他扑到右边的位置上，但是他的笑容消失了。"是的，但是……窗子摇上了。"

"卓沃尔，我考虑的是大理念，而不是小细节。这个问题你只能自己去

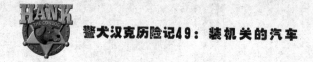

解决了。"

我又开始在座位上悄悄地爬行，这时我已经触到了斯利姆的右腿。我停了下来，又快速地扫描了一遍他的脸。反馈回来的结果是他没有注意，所以我进入了程序中最敏感的部分，爬到他的大腿区域。如果能触响警报，那就会是在这儿。我慢慢地爬过他的一条腿，向窗子挪去，穿过他的胸前，到了他的两个胳膊之间。

让我来告诉你吧，这可不是件容易的事，没有几条狗能够做到。一般的狗通常都会粗心大意，挤的劲太大，不会使用运动传感器，会被抛回到皮卡的另一边。

但是，哈哈，你会高兴地知道，我却做到了。经过了一分钟又一分钟小心翼翼的爬行之后，我的鼻子终于进入清新的气流中。耶！噢，多么芳香的空气啊！噢，多么幸福的肺啊！太舒服了，我所付出的艰辛和努力都是值得的。

这时，我很快进入了下一个阶段：为我的脸、尾巴、耳朵、眼睛和嘴重新启动了所有的开关，重新设置了所有的系统，以便达到一种我们称之为"我早就在这儿了，是真的"的效果。程序的这一部分非常重要，因为司机迟早会发现……噢，一条狗趴在了他的大腿上。到那时，"我早就在这儿了"这一部分就会发挥作用。

过了一会儿，斯利姆才有反应，比我预想的时间要长。我认为我应该把这段时间再延长一些，但是我计算错了重量的分配，一条后爪用的力量大了点儿。而且我坐在了他两条胳膊的里面，胸口和方向盘之间的位置，我猜他是在看前面道路的时候……噢，遇到了一些麻烦。

别忘了，我可是个大块头的家伙。高大的身躯，雄壮的肩膀，有力的大腿，这样的身材能使女士狗的眼球掉出来。

总之，他已经注意到了。"汉克，你坐到我的腿上了。"

对，没错。我知道，这样很令人感动，不是吗？我的意思是，在全世界所有牛仔的所有腿中，我只选择了他的腿。一个牛仔和他忠诚的狗一起去喂牛，多么令人感动啊！

"这样我没法开车了。"

噢？哎呀，我整天一直都在这儿呀……噢，大部分的时间。他没有注意到吗？

"你能挪一下吗？"

噢，我费了那么大劲才到了那儿，说实话，他这边的空气实在是太好了。所以我的底线是……决不，我看不出来挪开有什么好处。至少现在不行，也许过一会儿可以。

"如果我把你那边的窗子摇下来，你能挪开吗？"

事实上……事实上，我越来越喜欢他这边的空气质量了。好像比另一边的空气更新鲜、更清洁、更芳香一些。好像各方面都更好——

"走开！"

哎呀。突然他身上的肌肉抖动了一下，使我从他的腿上飞了出去。嘿，他没有必要这么粗鲁嘛。我的意思是，如果他真的想让我走开，那他为什么不直接说呢？我又不是听不懂。

我夹起尾巴，垂着耳朵，给了他一个我们称之为"狗的谴责"的表情。真让我失望，我的表情却引起了他的哈哈大笑。

"难道你想让我发生交通事故，把我们全弄死吗？"

噢……不，既然他都这么说了。

85

就在这时，一件不可思议的事情发生了。天哪，副驾驶座的窗子自己摇了下来！斯利姆也注意到了，他说："好啦，把你的鼻子伸到那边去……汉克，可别把你的脑袋夹掉了。记着那些按钮。"

按钮？为什么牧场里的每一个人都在谈论按钮？斯利姆是怎么知道按钮的事的？他是个单身汉，我碰巧知道他穿的一半衬衣上至少缺一个纽扣。

我走到我的窗前，把卓沃尔推到了地板上。"时间到了。滚开。"

"是，但是……我认为我得到了晋升。"

"你已经被撤职了。"

"撤职！我刚在这儿待了一会儿。我干什么了？"

我用钢铁般的眼神狠狠地瞪了他一眼。"你在浪费氧气，卓沃尔。你曾经有过机会，但却被你挥霍了。对不起了。"

他抱怨着，哀嚎着，但是我没有理睬他。我的意思是，氧气是非常宝贵的，我们不能允许他继续浪费了。

我把我的脸和鼻子投入到了新鲜空气的洪流中，闭上眼睛，任由风拍打着我的耳朵和舌头，抚摸着我的胡子，搔弄着我的下巴。欧耶！伙计们，这样就接近生活的真实意义和目的了。

你知道吗？我觉得我这边的空气更香甜些。如果斯利姆想做个小气鬼，那他就待在他的窗子那儿好了……在剩下的路途中，我再也不会坐在他的腿上热情地陪伴他了。

非常严厉的惩罚，哈？的确是这样，但是这样的人就应该教训一下。

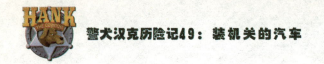

我们花了大约十分钟才到达下一个目的地——荷兰小溪草场。在我们穿过围栏进入草场时，斯利姆说："我不知道那只郊狼今天会不会来喂牛的地方。"我毫无表情地看着他，他接着说："有一只郊狼来和母牛一起吃东西。"

噢，是吗？这样的故事我决不会相信。一只郊狼跟母牛一起吃饲料？绝不可能。

大部分的母牛都已经来到了喂饲料的地方，在等着我们——已经等得不耐烦了，我应该再加上一句，她们磨着牙，叫喊着，抱怨着，用呆滞的表情盯着我们。

看见她们这样总是令人很愤怒。我的意思是，一头母牛最好站在喂饲料的地方，等着有人来喂她，对吧？如果她们认为我们来晚了，那她们为什么不去啃树皮呢？我们昨天喂过她们了，但是你能指望她们会感谢我们，或者表现出那怕一点点的感激之情吗？

不会的，先生。母牛从来不会说谢谢你。她们吞下我们喂的东西，然后叫喊着还要，好像她们快要饿死了。其实不会的，她们全都肥得像堆烂泥。你知道母牛的问题在哪儿吗？她们有太多的空闲时间，她们所想的只是吃。要让我说，应该让她们去找份工作。

她们吞下我们喂她们的饲料，而不是喂下我们吞她们的饲料，也不是吃下我们喂她们的饲料。

还是跳过这段吧。

我们靠近了喂饲料的地方——小溪西边的一块空地上，停在了几棵大木棉树的下面。斯利姆让发动机继续运转着，因为在冬天你只能让柴油发动机继续运转。你也许还不知道吧，但这是真的。柴油发动机在热着的时候会运转得更好。为什么呢？我也不知道，但这是斯利姆说的，这对于我来说已经足够了。

在我们等着剩下的牛都过来的时候，他拉下帽子，这样帽檐就几乎挨上了他的鼻子，他蜷缩在座位上。我想他已经注意到我和卓沃尔正在盯着他。我们为什么要盯着他呢？没有什么特殊的原因。我们只是在……噢，等待着某件事情的发生。

"我敢打赌你们肯定希望我给你们唱首歌。"

什么？他是在开玩笑吧？我们曾经讨论过斯利姆唱歌吗？也许还没有。你看，当我们在草场上干活的时候，他就会唱一些粗俗的歌曲。一条狗还能怎么样，只能坐在那儿听着。这对我来说好像有点儿不可思议，一个成年人给他的狗唱歌，但他确实这样做了，而且不止一次，而是很多次。

他好像觉得我们喜欢他所谓的音乐。哈。我们是在忍受，仅此而已，因为我们不得不，因为有一件事是我们必须要做的，那就是保住我们的工作。

他咧着嘴笑了。"噢，好吧。如果你们坐好了，求我，也许我会给你们唱的。"

噢，老兄。那也太傻了。

"你看，我要弄清楚你们是真的喜欢我的演唱。当你们成了像我一样著名的音乐家，你们也不会喜欢对着像傻瓜一样的观众表演。如果你们真的喜欢我的演唱，就坐好了，求我给你们唱一曲。"

卓沃尔和我交换了一下眼神，然后小声说："他是在开玩笑吧？"

"我认为不是。他想让我们做出乞求的动作。"

"我们做吗？"

"我们没有选择，卓沃尔。我们被算计了……除非你愿意走着回家。"

"不，我的脚疼。还是求他吧。"

"我同意。咱们像往常一样，克服一下，听这些无聊的东西。肯定不会太长的。"

我们在座位上坐好，举起我们的前爪，变成了两个可爱的小乞丐。真令人尴尬，但是你还能怎么做呢？

斯利姆点着头笑了。"太好了，我真的感到很荣幸，但是我觉得如果你们再哀求一下，我可能会更好。你们能哀求我唱首歌吗？"

哀求？不，决不！我这辈子还从来没有哀求过谁唱首歌呢，现在也不想破这个例。

我向卓沃尔看去，他正坐在那儿，爪子举到空中，像个小丑。"取消，终止。咱们叫停，卓沃尔。这也太荒谬了。咱们罢工。"

就这样，我们放下了前爪，鼓起勇气等待着结果。他会把我们踢下去吗？让我们走着回家？我不在乎。你知道，我们也是有自尊的，狗也不能容忍牛仔的胡说八道。

斯利姆的笑容消失了。"你们不准备哀求我吗？"

不，先生，不哀求。今天不会，永远也不会。如果他想找一个哀求他的观众，他应该去给猫唱歌。

"傻狗。你们不懂得欣赏真正的天才。"

太幼稚了，我简直不相信这是他说的话。

他耸了耸肩。"噢，好吧，反正我也想不起一首歌来。"

你看？他是用废话在调侃我们，他甚至连一首要唱的歌都没有！太可恶了。

他坐在座位上看着西方。他在盯着什么东西。"我真该死。是她，同一只郊狼。"

我必须自己看看。我把卓沃尔推到一边，走向左边的窗子，踩在斯利姆的膝盖上，凝视着西方。

"看看你踩在哪儿了，你这个家伙。"

对不起。

斯利姆指着远处。"看那边，看见了吗？那些母牛的边上。她是个漂亮的小家伙，一身好看的毛发，看上去很健康。她在等着我给她扔些吃的。"

我眯起眼睛，聚焦到牛群的边上。的确，就是她。是真的，这不是斯利姆在吹牛。她独自站在一旁，用郊狼坚定的眼神注视着我们。是的，她是有点儿漂亮。

我又仔细看了看。她是非常漂亮。

我趴在窗子的沿上往外看，她简直是太漂亮了！突然我的脑海里涌起了对过去甜蜜记忆的洪流。我的天哪，你想起她是谁了吗？你不会相信的，所以你要挺住。

她就是郊狼小姐！

郊狼小姐就是可爱的郊狼公主，我的梦中情人，是我唯一的真爱！在我职业生涯中的某个时刻，我曾经疯狂地想放弃职业，加入郊狼的队伍，变成

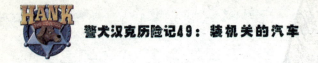

一个职业匪徒，和小姐结婚。但是，耶，她又出现在了我的面前！

我的整个身体开始颤抖，是因为……什么东西，是激动和兴奋。我不知道我是否能控制住自己……我控制不住，我失控了。

啊呜——！

啊呜——！

"汉克，把嘴闭上，你会把她吓跑的。"

把嘴闭上？他是在开玩笑吧？你能关闭涌向大海的洪流吗？他还是别想让我把嘴闭上吧，我已经闭不上了。我的前爪跳到车门的扶手上，我深吸了一口气，要发出又一声爱的宣言。

"啊呜！啊……！吱吱！咕咕！咯咯！"

你简直无法相信。这时窗子的玻璃升到了我脖子的位置！

"汪汪！哇哇！啊！救命！"

难道我要站在那儿让玻璃夹掉我的脑袋吗？当然不会。我做了任何一条勇敢的、强壮的、热血的美国狗所应该做的：我用脚蹬住扶手，想用尽全力从窗子上退回来，我们说的可是开足了马力挂倒挡……

"汉克，别动，你的脖子被玻璃夹住了！"

……满眼的金星。难道还需要他来告诉我，我的脖子被窗子夹住了吗？嘿，这是我的脖子，我清楚地知道发生了什么。如果他认为窗子快夹掉我的脑袋的时候，我会保持不动，那他肯定是疯了。

我扑腾着，挣扎着，但是……啊！哦！窗子卡得越来越紧了……卡住了我的呼吸道。

"汉克，离开按钮，你把它弄坏了！"

按钮！难道我会在意他的按钮吗？我的脑袋都快要掉了！

我喘息着，残喘着……

突然，一切都结束了——不是我的生命，而是折磨。这一切变化得也太快了。前一秒钟我还在垂死挣扎着，这后一秒钟……噢，我就以极快的速度飞回到了座位上。我的脖子脱险了，我的生命得救了，我肯定是砸到了卓沃尔的身上。我们两个都紧挨着摔到了地板上。

也许你认为我是毁了窗子或者是拉掉了车门。猜得好，但现实甚至比小说还要离奇。你看，就在危机中，要命的危机中，不知是怎么回事，窗子自己摇了下来，在千钧一发之际救了我的命。

皮卡的驾驶室里陷入了可怕的沉默。没有人说一句话。斯利姆看着他手背上的……啊……一道长长的红印，也许是抓痕。好吧，可能是我抓了他一下。

他的目光像子弹一样射向了我。"天哪，你用得着把我抓个半死吗？"

差一点儿我的头就掉了。他希望什么？难道是我的头被夹掉？

"看看这儿。你撕破了我的衬衫。"

衬衫？他还在关心他的衬衫？

他打开车门，下了车。"从我的皮卡上下来，你这个笨蛋，再也不许把爪子放进我的皮卡里了！"

没问题，伙计！我越快离开这个狗的杀手一样的皮卡，越能早些保住我的脑袋。

我慢慢地……悄悄地……鬼鬼祟祟地……穿过座位，跳到车门的外面，刚好躲过了他瞄准我屁股的靴子。

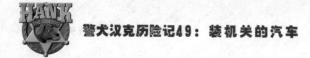

"现在到后面去，你的行为要符合你的年龄，而不是你的智商。"

你看，他这是怎么了？就因为衬衫上的一道小口子，他就准备把我们的友谊打回到过去的黑暗时期。生气，责难，失去理智的举动。我真不知道怎样才能使这些人满意。

好吧，我承认他的手上受了一点点小伤，但是别忘了是谁的脑袋差点儿就被切除了。

我跳进皮卡的后厢，靠前面坐了下来，开始生气。是的，我很生气，我为生气而感到自豪。我这样做是正确的、合理的……等等，先停一下。难道你忘了是谁在外面的草场上？

我真的忘了。我的意思是，当皮卡想割下我的脑袋时，我被迫把所有的注意力都放在了眼前的危机上，我完全忘记了……

我跳起来冲到了皮卡的后面。在那儿我看到了奇怪的一幕。斯利姆打开了一袋饲料，捧出了一捧饼干（别忘了，那可是压成块状的饲料）。他把几块饼干抛向了郊狼。她闻了闻空气，又闻了闻地面，然后向落下饼干的地方走去。

她跟着气味找到了第一块饼干，用嘴叼起，嚼了起来。斯利姆点点头，笑着又向她抛了几块。

太奇怪了！你意识到这有多么不同寻常了吗？郊狼是野生动物，他们从来不接近人类。他们不喜欢人，害怕人，总是逃避人。然而郊狼小姐却在这儿……吃着饼干！

"啊……噢……！"

斯利姆冲着我皱了皱眉头。"汉克，安静。让她吃。"

对。我可以让她明天……再吃。她在剩下的一生里都可以吃饼干，但是现在，她肯定想和汉克相认……

你可能不会相信。反正我不会相信。你猜，是谁已经在向草场走去，去见我的郊狼公主？我给你个提示，反正不是斯利姆。

第十一章

郊狼小姐疯狂地爱上了我

是卓沃尔。爱管闲事的先生。我早该料到的，他总是这样干。他没有足够的智慧和勇气为自己找个女朋友，所以他总想在我的好事中插上一腿。

好吧，我肯定会制止他胡来的。我跳下皮卡的后车厢，冲过去见我的女朋友……

我们提过有时候母牛会追逐狗吗？这是真的，我们需要解释一下。你看，当一条狗出现在牛群里面时，总有那么一两头笨牛会追着狗到处跑，还用她的角摆出吓人的姿势。但是疯狂的事情就要发生了。你看，母牛追逐狗是因为她们把狗当成了四处觅食的郊狼，因为母牛不喜欢郊狼。

你知道接下来会发生什么吗？郊狼小姐来到了牛群的边上，母牛们并没有在意。可是当牧场治安长官进入现场，她们以为我是郊狼，开始追杀我！这样你就知道了她们是多么笨。简直不可思议，使我无法相信。

噢，对此我无法相信，直到一头海福特牛用她的角把我铲起，抛到了二十英尺高的空中。届时，我别无选择，只能相信了。在空中我向下看着她喊道："你这个笨蛋，我是来这儿工作的！我是来保护你们的……"

砰！

啊，地面把我接住了，可怕的伤害，普通的狗不可能……咳……走出来。但我不是懦夫。我不仅走了出来，还跑了起来，因为……噢，因为那个

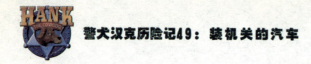

讨厌的老巫婆又在追我了，她喷着鼻息，挥舞着钢叉一样的牛角。

不一会儿，我冲着她发出了一阵凶猛的狂吠。"白痴！我不是郊狼！我是牧场治安……"

总之，我已经准备承认，我，啊，也可以说是从战场上退役了。好吧，我开始逃命，也没什么可丢人的。却有点儿尴尬，因为我想给一位女士留下点儿好印象。

母牛为什么不追卓沃尔呢？他正好从她们的中间跑过，她们甚至连叫都没叫一声。这样符合逻辑吗？绝对不。完全不符合逻辑。我的意思是，首先她们有机会把她们的暴脾气直接对准郊狼小姐，一头真正的郊狼正在吃她们的食物。然后她们应该好好地对付一下那个爱管闲事的家伙。

但是她们放过了这两次机会，当她们牧场的保护者冒险前来……噢，还是算了。你只能说，母牛很愚蠢。

我以令人难以置信的速度飞奔，让可恶的母牛去吃我扬起的尘土吧。她太愚蠢了，她以为她能追上顶级的牛仔犬，蓝带牧场狗！这时我使出了分散注意力的战术，在途中突然改变了方向，向我梦中的公主奔去。

哇！她甚至比我记忆中的形象更漂亮了：蓬松的长尾巴，缎子一样的毛发，尖尖的鼻子，竖起的耳朵。噢！不幸的是她已经被我过去的朋友和助手所吸引了（我已经决定解雇他了），所以她没有欣赏到我的英雄行为。

离着十英尺远，我就能听见卓沃尔在傻呼呼地表白："天哪，我以前从来没有见过一位真正的公主。我只是在童话故事里听说过，我总想着遇见一位。我太紧张，太激动了，都不知道该说些什么了。"

郊狼小姐也不知道该说什么。他气喘吁吁的出现让她有点儿困惑和开心。"小白狗，有名字吗？"

"噢，是的，当然有，我差点儿给忘了。"他咧嘴笑着，眼珠儿对着骨碌碌地转。"我叫卓沃尔。"

"卓沃尔和汉克一起在一个大牧场里工作？"

"噢，对。没错，他在为我工作。"他摆动着秃尾巴。"我是一条非常了不起的狗，我想知道……你能做我的女朋友吗？"

我赶到得正是时候，把她从无耻的骗局中解救了出来。我推开卓沃尔。"一边去，你这个小偷，居然敢偷我的女朋友！"

"好吧，我只是——"

"回你的屋里去！马上。"

"我的屋就在牧场。"

"那就滚开。赶快消失。去抓跳蚤。"我把我的庞大身躯嵌入了小矮子和女士之间，给了她一个性感的笑容。"啊，可爱的郊狼小姐！你经常出现在我昏昏欲睡的梦中，就像灿烂的阳光和美丽的彩虹充实着我空荡荡的梦！"

卓沃尔把他的头插进了我们的谈话中："那正是我要说的。"

我把他推开。"小姐，我的心肝，我的甜点……自从上次我的眼睛欣赏到你美丽的身姿，我几乎再也无法入眠。"

卓沃尔又出现了。"那不是真的，小姐。他昨天晚上就整整睡了一夜，我还听见他在梦里说起……牧羊犬比欧拉！"

我转过身对他亮出了满嘴的犬牙："你能不能把嘴闭上！你是怎么回事？"

"噢，当我看见她，我就爱上了她。我无法控制自己。"

"卓沃尔，你不是在爱，你是在犯神经病。走开。"我把他推倒在地上，然后转身对着这位可爱的女士。"我不知道这个家伙是谁，小姐。我以前从来没有见过他，这是个冒名顶替的家伙。"

她看上去很困惑。"他不是汉克的朋友吗？"

"他是……好吧，我们过去是朋友，但已经不是了，已经成为历史了，他被解雇了。他再也不会为这个牧场工作了。现在重要的是，"我挑了一下左眉，"我在这儿，你在这儿，我们两个都在这儿。噢，我们终于又到一起了。"

她快活地轻声笑了起来。"汉克总是会开玩笑，都把小姐给逗乐了。"

"听你这么说我很抱歉。我的意思是，我想这样说非常真诚，甚至浪漫。"

"什么是……'浪漫'？"

"我很高兴你能问我，小姐。浪漫就是……"

不知何故，卓沃尔设法挤进了我的腿当中，突然他出现在我们之间。"意思就是我恋爱了！"

好吧，就是这个意思。我正要给这个小东西罪有应得的教训，突然皮卡的喇叭声在远处响了起来。然后听见斯利姆的喊声："快点儿，狗狗们，火车要发车了！上车，走了。"

上车，走了？哈。这是本年度最容易作出的选择。他要知道比跟他一起坐在能卡住人的笨蛋皮卡里，我还有更好的事情要做。我把倾慕的目光转向……

啊？

她不见了！肯定是喇叭声把她给吓跑了。你知道还有谁也不见了吗？我转过身向北奔去。"卓沃尔，回来！如果让我抓住你……"

我登上了小山顶，远远地看见他们正向北边的峡谷走去。卓沃尔走在她的旁边，这个小……他会为此付出代价的！我以惊人的速度赶上了他们。当我靠近他们的时候，如果你能相信，我听见卓沃尔正在喷出一首诗。

"噢，天哪，郊狼小姐，你的脸是那么香甜，

我希望能把它做成一个三明治，

再加上蛋黄酱、泡菜、芥末和面包片。

我认为那味道肯定无比香甜。"

我插进他们中间，对着卓沃尔亮出了我满嘴的犬牙。"这首诗真是太可悲了，卓沃尔。这是我所听过的最糟糕的垃圾。"

"噢，但是很押韵。我认为还是非常不错的。"

"能把可爱公主的脸比作三明治吗？让人恶心，卓沃尔。我感到震惊和沮丧。还有你的韵也押得很糟糕——面包片和香甜。"

"噢，我再也想不出别的能跟面包片押韵的词了。"

"别着急。我一会儿再处理你的事。"我转过身对着小姐，"对不起，女士，我们以前就有过这样的麻烦。别理他。他是个神经病。"

"什么是神经病？"

"就是他的神经有点儿错乱，失常，不成熟，非常幼稚……我们这是到哪儿去？"

"小姐必须回郊狼村去。"

"啊，太好了。我送你回家。这样听起来很浪漫，不是吗？"

"一点儿也不浪漫，如果斯克兰仕来了，发现了汉克。"

"谁？噢，是他。你丑陋的大哥？哈哈。别去管他，我草原上的野花。我现在觉得，老斯克兰仕不会有机会的。"

"斯克兰仕是个非常坏的家伙。"

"他的气味很难闻，小姐，但是我可以屏住呼吸。哈哈。"她没有感觉到我的幽默。"好吧，我们注意着点儿斯克兰仕。卓沃尔，我现在命令你警戒。"

"我？是的，但是——"

"这是命令。你隐蔽起来，注意着一个丑陋的大个子郊狼。"

他垂着头。"噢，该死。我还想——"

"安静。我们不想听你的问题。"我转回身面对着小姐。"你喜欢诗歌，哈？你将很激动地知道我的诗要比卓沃尔枯燥的押韵强上十倍。你听着。

"噢，郊狼小姐，我的公主，你的脸是那么美，

我说，它不像三明治。

你看，卓沃尔的诗比一只笨蛋负鼠还要差，

他的诗当然会令人沮丧。

从另一方面来说，我所写的都发自内心，

我的诗句是纯洁的，真诚的。

我说你的脸比艺术品更可爱，

卓沃尔就是后背上的一根刺。"

我向她瞥了一眼，想看看她是否已经被激动的潮水冲垮。显然没有，她用困惑的眼神看着我。"小姐不懂三明治和负鼠。听着很奇怪。"

"我明白了。好吧，我很遗憾，你没有理解我的诗中深层的情感含义，所以咱们说点儿别的。如果你知道我写过一些歌，你会激动吗？如果我只为你唱一首爱情歌曲，你会被彻底感动吗？你当然会的。你听着。"

就这样，我扯开了嗓门，唱了一首美妙的爱情歌曲。

和心爱的人同行

向前走，只有我和我心爱的人，

在一个阳光明媚温暖的冬日里。

走向她的家，只有我们两个，

一路上充满了欢乐。

我冲她眨眨眼睛，她还我一个笑容，

我希望这段路能无限地延长。

和我心爱的人一起回郊狼城，

一切困难都不在话下。

往前走，郊狼小姐和我，

我有一种难以置信的感觉。

我觉得自己有十英尺高，八英尺长，

伙计，我有点儿喘不上气来！

她陪着她的狗，我陪着我的心上人，

我们能听见小鸟在歌唱"啾，啾，啾"。

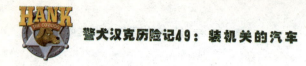

跟我的心上人一起回郊狼城，

希望她永远不要离开我。

我们尽量慢慢地走着，

你注意到了吗？她给了我一个微笑。

我认为她是笑了，很显然汉克会赢。

亲吻一下怎么样？永远不告诉别人，

你的野兽哥哥也不会知道。

陪我的心上人回郊狼城，

希望路永远没有尽头。

　　一首非常动人的爱情歌曲，是吧？的确是这样。这肯定是我为心爱的女士所创作和演唱的最棒的一首。但现在的问题是——这首歌是否能彻底地征服郊狼小姐，使她的亲吻和爱让我喘不上气来呢？

　　我叹了口气，注视着她……你知道，当女性的眼睛里出现黄色的时候，说明有些事情使她感到不安。坦率地说，我见过她兄弟、表兄弟、匪徒朋友眼睛里的黄色，准确地说都给我留下了冷酷的印象。她眼睛里的黄色引起了我一些不好的回忆，这些回忆使我背上的毛竖立起来，恐惧就像白蚁一样爬上了我的脖子。

　　话说回来，我不是那种轻易相信第一印象的狗。所以她黄色的眼睛有点儿令人……噢，毛骨悚然？我的成熟足以使我看到更深层的东西，透过表面看到隐藏在下面的善良和美丽。

　　总之，我深深地注视着她一眨不眨的黄眼睛。"噢，小姐，你觉得怎么样？一首很棒的歌，哈？"

她冲我羞涩地笑了笑。"所以汉克想要小姐的亲吻？"

有那么一会儿，我喘不上气来。"噢，我想……是的！绝对正确。"

她往身后看了看。"斯克兰仕怎么办？"

"他是你的哥哥，小姐，但是这并不意味着我想亲吻他。"

"不是的。如果斯克兰仕来了，看见我们怎么办？"

就在这时，你猜是谁尖叫着、跳着出现了？是卓沃尔。"汉克，我们需要谈谈！"

"以后再谈。我正忙着呢。"

"郊——郊狼！"

"她当然是郊狼。"

突然小姐转过身，小声说："汉克快走！斯克兰仕来了！"

啊？

我转过身，看见……啊！十五只高大的叫花子一样的郊狼匪徒呼啸着冲过了山顶。他们看见了我们，齐声发出嚎叫声，令人不寒而栗。领头的就是小姐的……啊……我们曾经描述过斯克兰仕吗？一个大块头的家伙，真的很高大，简直就是个庞然大物。嘴巴大得像狗熊的陷阱，牙齿就像鲨鱼的牙齿，眼睛能在黑暗里闪闪发光。

倒吸一口凉气。

我转回身面向小姐。"如果我，啊，把你留在这儿，你不会认为我是个胆小鬼吧？我的意思是，我们还要去喂牛和巡逻。"

"汉克快走！快跑！"

"好吧，如果你肯定……"

她凑上前来，给了我一个甜蜜的吻。"汉克，现在快回牧场去！快跑，快跑，快跑！"

有那么一会儿，我迷失在阵阵的芳香中，但是然后……啊噢，暴徒们越来越近了。他们叫喊着，怒吼着，嚎叫着对我造成了……

"卓沃尔，我不是想吓唬你，但是我们该离开了。"

"救命啊！这条腿疼死我了！"

"数三下，我们将发动所有的狗，以最快的速度回到皮卡去。准备好了吗？一！"

噢！

他已经跑了，一个白色的小火箭以光的速度穿过了草原。他的腿一点儿事也没有。

我向我的郊狼公主投下了最后一个依依不舍的眼神，迎着风开足了马力。在一片尘土中，我离开了我的真爱，留下郊狼大军窒息在我火箭的烟雾里。

等我们回到那儿，斯利姆正在准备开车离开，也许他认为他应该让我们徒步回去。哈！根本就没有这样的可能，就是没有斯克兰仕和他的全部手下追在后面也不行。没门，先生。我狂吠着冲到了皮卡的前面，甚至威胁着，如果他不把车停下，我就撕碎他的轮胎。我想我的话把他吓坏了，他终于停车走了下来。

当然他会发表一些睿智的评论。"我不是开出租的。你们要搭车吗？"

噢，是的，没问题……我们能快点儿吗？

"好吧，你们不能和我一起坐在前面。到后面去。"

好的。坐那儿也没问题。谁会愿意坐在能夹掉脑袋的皮卡里呢？反正我

不愿意。

　　他打开车厢的后门，我们狗飞奔上去，直接跑到前面，进入了我们的掩体。我觉得郊狼不可能跳到皮卡的后厢里来，但是狗永远不能存在侥幸心理。一旦有什么可疑的地方，立刻进入掩体。

　　但是我可以自豪地告诉你，当我们的皮卡开动以后，我又爬出掩体对着郊狼发出了一阵阻拦狂吠。

　　"嘿，斯克兰仕，我吻了你的妹妹！你觉得怎样，哈？下一回，我要吻她两次，如果你有意见，你可以滚远点儿！哈哈。"

　　这对治安部来说是一次巨大的精神胜利，这只能证明……噢，如果你想对着匪徒高声叫喊，最好是在行驶的皮卡上。

　　等我们回到了牧场总部，斯利姆把我们踢下了车。"我还有三个草场的牛需要喂，你们不用去了。小丑太多了会搞乱马戏团的。等我把旧皮卡开回来，我们就重新雇用狗。"

　　啊，他为什么会不高兴呢？噢，好吧。

　　整整两天，斯利姆都是自己一个人去喂牛。然后，星期三早晨，六点三十分，他开着那辆装机关的皮卡车离开牧场进了城。大约九点，开着我们都热爱和尊敬的垃圾皮卡回来了。它闻上去很糟，到处冒烟漏气，叮铃咣当，但这是我们的老皮卡——它没有断头台一样的窗子。

　　就这样，卓沃尔和我又重新得到了工作，斯利姆也重新得到了他的狗。我从夹死人的笨蛋皮卡上活了下来，赢得了郊狼小姐的芳心，肃清了所有的郊狼部队。噢，多么幸福的一天啊！生活又重新变得很美好。

　　伙计，这就是最好的结局了。

　　案子结了。

第50册《最古老的骨头》

　　斯利姆的一位老友开始在牧场附近进行考古挖掘，很快小阿尔弗雷德兴奋地参与进来。而一旦阿尔弗雷德应邀参与到挖掘行动中，那么不久汉克便会尾随而至。在那儿，汉克发现摆在自己面前的竟是世界上最古老的骨头——巨大的北美野牛骨。汉克深信这根骨头因年代久远而变得美味至极。汉克是将维护自己作为牧场治安长官的身份帮忙保护骨头呢，还是将向他的犬类本能屈服？

下册预告

你读过警犬汉克所有的历险吗?

1. 《警犬汉克初次历险》
2. 《警犬汉克再历险境》
3. 《狗狗的潦倒生活》
4. 《牧场中部谋杀案》
5. 《凋谢的爱》
6. 《别在汉克头上动土》
7. 《玉米芯的诅咒》
8. 《独眼杀手案》
9. 《万圣节幽灵案》
10. 《时来运转》
11. 《迷失在黑森林》
12. 《拉小提琴的狐狸》
13. 《平安夜秃鹰受伤案》
14. 《汉克与猴子的闹剧》
15. 《猫咪失踪案》
16. 《迷失在暴风雪中》
17. 《恶叫狂》
18. 《大战巨角公牛》
19. 《午夜偷牛贼》
20. 《镜子里的幽灵》
21. 《吸血猫》
22. 《大黄蜂施毒案》
23. 《月光疯狂症》
24. 《黑帽刽子手》
25. 《龙卷风杀手》
26. 《牧羊犬绑架案》
27. 《暗夜潜行的骨头怪兽》
28. 《拖把水档案》

29. 《吸尘器吸血案》
30. 《干草垛猫咪案》
31. 《鱼钩消失案》
32. 《来自外太空的垃圾怪兽》
33. 《患麻疹的牛仔案》
34. 《斯利姆的告别》
35. 《马鞍棚抢劫案》
36. 《暴怒的罗威纳犬》
37. 《致命的哈哈比赛案》
38. 《放纵》
39. 《神秘的洗衣怪兽》
40. 《捕鸟犬失踪案》
41. 《大树被毁案》
42. 《机器人隐居案》
43. 《扭曲的猫咪》
44. 《训狗学校历险记》
45. 《天空塌陷事件》
46. 《狡猾的陷阱》
47. 《稚嫩的小鸡》
48. 《猴子盗贼》
49. 《装机关的汽车》
50. 《最古老的骨头》
51. 《天降大火》
52. 《寻找大白鹌鹑》
53. 《卓沃尔的秘密生活》
54. 《恐龙鸟事件》
55. 《秘密武器》
56. 《郊狼入侵》

118